Evelyn Weyhe
Kurz & Bündig

AF281053

Evelyn Weyhe

Kurz & Bündig

Tierisches

Afrikanisches

Andalusisches

Träumerisches

40 besondere Geschichten (m)eines Lebens

Impressum

Bibliografische Information der Deutschen Nationalbibliothek: Die Deutsche Nationalbibliothek verzeichnet diese Publikation in der Deutschen Nationalbibliografie; detaillierte bibliografische Daten sind im Internet über http://dnb.dnb.de abrufbar.

Umschlaggestaltung: © KI gestaltet von Evelyn Weyhe
Weitere Mitwirkende: Melanie Stadelbauer, MS-Design

Verlag: BoD · Books on Demand GmbH, Überseering 33, 22297 Hamburg, bod@bod.de

Druck: Libri Plureos GmbH, Friedensallee 273, 22763 Hamburg

ISBN: 978-3-7693-4948-1

Inhaltsverzeichnis

Denn Zeit ist Leben. Und das Leben wohnt im Herzen.
Michael Ende, Momo

Ratti

Es fing damit an, dass mir eines Tages im Garten etwas auf den Kopf und von dort auf die Erde fiel. Ich bückte mich und hielt ein nacktes kleines Etwas in den Händen. Ich blickte hinauf in die hohe Palme. Nichts. Keine aufgeregt zwitschernde Vogelmutter, die um ihr Junges bangte. Stille. Ich betrachtete das winzige Wesen und stellte fest, dass es vier Beine und einen Schwanz hatte. Eine Maus? Die folgenden Tage verbrachte ich damit, das unbenannte Tier zu füttern. Der Tierarzt, den ich konsultierte, stellte mit angewiderter Miene fest, dass es sich um eine Ratte handelte. Nicht eigentlich lebenswert, war daraus zu lesen. Rattenmilch gäbe es keine, ich sollte es mit verdünnter Kuhmilch versuchen. So wuchs Ratti tagsüber in meinem Büstenhalter auf, da die direkte Körperwärme ihr sichtlich guttat. Sehr zum Unverständnis meiner Arbeitskollegen, die sprachlos zusehen, wenn ich sie mit einer winzigen Puppenbabyflasche fütterte. Um es kurz zu machen: Ratti überlebte die liebevolle Pflege nicht. Traurig begrub ich sie im Blumenbeet und machte mir Vorwürfe, mich nicht besser nach der passenden Nahrung erkundigt zu haben.

Jahre später holte mich Ratti wieder ein.

Eines Morgens fand ich in der Küche unmissverständliche, kleine schwarze Kügelchen. Eine Maus, dachte ich, wurde aber eines besseren belehrt, als mir beim Öffnen der Schublade eine Ratte von nicht unbeträchtlicher Größe entgegen sprang und sich unter den Kühlschrank rettete. Man muss wissen, dass die Baumratten hier in Andalusien im Grünen leben und Vegetarier sind. Eigentlich könnten sie von mir aus in einer friedlichen Wohngemeinschaft mit mir leben. Aber sie wollen nicht verstehen, dass so eine Lebensgemeinschaft nicht nur Vorteile bietet, sondern auch Rücksichtnahme erfordert. Man kann eben nicht überall seine Exkremente hinterlassen, ungefragt Lebensmittel anknabbern und Kabel durchbeißen. Letzteres führte zu einem stundenlangen Stromausfall, und ich hatte die Nase voll. Tierliebe hin oder her. Eine Lösung war gefragt. Gift oder Falle kam nicht infrage. Ich durchforstete das Internet. Eine Lebendfalle! Das war die Lösung!

Zuerst musste ich herausfinden, was an Leckerbissen so gefragt war. Dazu legte ich Käse, Speck und einen Apfel aus. Am nächsten Morgen fehlte eine Cocktailtomate, eine war angebissen. Als die Falle ankam, bestückte ich sie damit, und siehe da, die erste Ratte war gefangen. Ich hatte Zeit, sie zu betrachten. So schauten wir uns gegenseitig mit gemischten Gefühlen durch die Gitterstäbe an. Diese Ratte war mittelgroß, hatte ein helles Bauchfell und eine weiße Brust. Angstvoll waren ihre Knopfaugen auf mich gerichtet. Ich musste an Ratti denken. Alte Schuldgefühle beschlichen mich. Vorsichtig legte ich ein Handtuch über den Käfig, trug ihn zum Auto und fuhr in den nahe gelegenen Wald, wo ich sie freiließ. Ich hätte schwören können, dass sie ein „Daumen hoch" Zeichen machte, bevor sie in langen Sprüngen im Unterholz verschwand.

Affenliebe

Dieses Mal ist es ein deutsches Bundeswehr-flugzeug, das Hilfsgüter in den Congo bringt. Wieder bin ich „Geldbriefträger" (s. meine Geschichte „Dankbar") für unser Entwicklungshilfe-Projekt in Bukavu. Ich habe mir die Sondererlaubnis geholt meinen Sohn, der zu dieser Zeit elf Jahre ist, mitzunehmen. Er darf auf dem jumpseat im Cockpit sitzen und ist mächtig stolz. Wir werden das Gorilla-Projekt besichtigen und ich hoffe, dass wir eine Wanderung dorthin organisieren können. Wieder mal liege ich auf Bohnensäcken und döse bis zur Landung. Trotz der gespannten Lage wegen der Hutu Flüchtlinge, die in annähernd 100 Tagen etwa 75 Prozent der in Ruanda lebendenTutsi-Minderheit töteten und jetzt in den Congo geflüchtet waren, freue ich mich auf den Trip.Wir landen zuerst in Goma, dann geht es weiter nach Bukavu. Die Schweiz Afrikas wird diese wunderschöne Gegend genannt, wo sich wilde Berglandschaften, dichte Wälder und Seen abwechseln. Jetzt sieht es hier schlimm aus. Fast 400 000 Hutu Flüchtlinge haben Wälder für Feuerholz zerstört, und auch der Gorilla

Population geht es an den Kragen. Sie müssen höher in die Berge hinauf, um den Menschen zu entfliehen, die ihren Lebensraum bedrohen und sie auch wildern. Tausende waren es, heute im Jahr 2020 etwa 200.

Frühmorgens brechen wir auf. Unser Führer Nzinga des Kahuzie-Biega Nationalparks macht uns nicht viel Hoffnung. Die Gorillas sind sehr scheu geworden und ziehen sich oft zurück, wenn sie Menschen wittern. Ein Nieselregen und dichte Nebelschwaden erschweren den Aufstieg durch den dichten Regenwald. Stundenlang steigen wir leicht bergauf. Plötzlich bleibt Nzinga stehen und hebt die Hand. „Hier haben sie geschlafen", flüstert er und zeigt auf niedergetretene Büsche. „Sie sind nicht weit und bitte keinen Augenkontakt mit einem Silberrücken!"

Ein lautes Knacken über uns: Da sind sie! Nzinga gibt Zeichen, in die Hocke zu gehen. Als Erstes taucht eine Mutter mit einem Kleinen auf. Weitere folgen. Herzklopfend sehe ich, wie sich mir ein kleines Gorillakind nähert und mich vorsichtig an der Hand berührt. Sofort wird es von der Mutter zurückgezogen und bekommt einen sehr menschlichen Klaps.

Und da ist er: der Silberrücken! Ein mächtiges Tier kommt auf allen Vieren direkt in unsere Mitte. Er betrachtet uns prüfend, setzt sich hin und beginnt mit feinen Fingern Bambusrispen vom Stil zu entfernen und sich in den Mund zu stecken. Die Familie macht es ihm nach, sie stören sich nicht an unserer Anwesenheit. Diese zarten Bewegungen hätte ich diesen riesigen Tieren nie zugeordnet. Lange beobachten wir diese faszinierenden Wesen.

Wir sind bis auf die Haut nass. Nzinga drängt zum Aufbruch, es dämmert schon. Als wir aufstehen, verschwindet auch der Silberrücken im Gebüsch und seine Familie folgt. Der Abstieg ist leichter. Wir sind still und noch ganz benommen von diesem Erlebnis.

Später im Hotel liege ich in meinem warmen Bett und träume, wie ich die Welt verbessern könnte.

Spinnerei

Die Morgensonne setzt Kringel auf den Frühstückstisch. Noch befinde ich mich ein wenig im Schlafmodus, nippe an meinem Tee und starre hinaus in den blühenden Garten. Ich greife nach einem Brötchen.

Da sehe ich sie.

Direkt an der weißen Wand neben mir sitzt sie, riesig, fett, haarig. Ich springe auf, mein Stuhl fällt um, und ich starre dieses Wesen mit Ekel an. Das ist die größte Spinne, die ich jemals gesehen habe! Handtellergroß! Und sie scheint mich anzuschauen. Ich hole meine Kamera und mache eine Makroaufnahme von ihr, bevor ich sie töten werde. Mit der Sprayflasche in der Hand kommen mir Zweifel. Sie ist eigentlich wunderschön gezeichnet, hat ein Gesicht wie mit feinem Pinselstrich aufgetragen. Ich stelle das Gift ab und überlege, wie ich sie, ohne dass sie mich evtl. anspringt und beißt, ins Gebüsch befördern kann. Es gelingt mir, sie mit einem Kochlöffel in einen Schuhkarton zu befördern und sie im hintersten Winkel des Gartens in die Botanik zu werfen. Sie verharrt einen Augenblick und verschwindet zwischen den Blättern.

Überhaupt scheint dieses Jahr in Nairobi das Spinnenjahr zu sein. Aus allen Löchern im Garten krabbeln mittelgroße rote Exemplare, im Bad lässt sich eine braune Spinne in Windeseile genau über mir in der Dusche herab und verschwindet mit dem Seifenschaum im Abfluss. Über den Büschen liegen Netze wie gigantische Kunstwerke, in denen kobaltblaue nackte Spinnen träge schaukeln. Eine wahre Invasion von Achtfüßern zieht durch meinen Garten und macht auch vor dem Haus nicht halt. Ich habe keine Angst vor Spinnen, aber ich halte sie lieber ein wenig auf Distanz. Irgendwann ist der Spuk vorbei, alle sind wie vom Erdboden verschluckt.

Jetzt hat man in Andalusien während des Lockdowns ja Zeit für alle möglichen Tätigkeiten. Mal wieder täglich Sport machen oder Fotos sortieren oder den Schrank aufräumen, schreiben, lesen, die Liste ist lang.

So überkam mich vor ein paar Wochen das dringende Bedürfnis, mein Schlafzimmer zu putzen. Mit dem Besen in der Hand wollte ich die Spinnenweben in der Zimmerecke entfernen.

Da sah ich sie.

Die Spinne. Ein harmloser Weberknecht zitterte in seinem Gewebe, und wieder überkam mich das Gefühl, dass sie mich ansah. Die Nairobi-Spinne kam mir in den Sinn. Der Besen machte einen Bogen und sparte das Spinnenhaus aus. Ich nannte sie Wilma.

Dankbar beobachte ich seitdem, wie sie ihren Vorrat mit Mücken anreichert, die ihr täglich ins Netz gehen und mich vor nächtlichen Attacken bewahren. Inzwischen ist es um ihren Speiseplan jedoch schlecht bestellt, kaum noch ein Insekt verirrt sich im Winter ins Haus. Ihre Vorratskammer ist leer. Ich bin besorgt. Wird Wilma sterben? Ich ertappe mich dabei, wie ich durch das Haus streife, um nach Fliegen oder Mücken Ausschau zu halten. Aber cool hängt sie in ihrem Netz und scheint sich ihrer Diät hinzugeben. Ich bin beruhigt.

Wilma und ich sind dem Lockdown dankbar. Sie darf leben, und ich denke über eine Diät nach.

Eine tiefe graue Wolkendecke senkt sich tief über dem Nairobi Nationalpark. Bald wird es regnen. Die Wege verwandeln sich dann in kleine, schlammige Flüsse. Ich beschließe mich auf den Heimweg zu machen.

Der Tag hat mit einem wunderbaren Licht begonnen. Die Ngong Berge standen scharf umrissen da und erinnerten an Szenen aus dem Film „Jenseits von Afrika". Dort ist Karen Blixens große Liebe Denys Finch-Hatton begraben, auf dessen Grab abends die Löwen rasteten.

Wir sehen ein ganzes Rudel im Schatten einer Schirmakazie ruhen. Sie liegen satt und zufrieden neben einem halb gefressenen Zebra, das bereits den Geiern gehört, die sich jetzt nach und nach einfinden.

Später picknicken wir an einem Fluss, wobei wir die Paviane nicht aus den Augen lassen, die einen immer engeren Kreis um uns ziehen und scheinbar teilnahmslos in die andere Richtung schauen. Sie sind schnell und auch nicht ganz ungefährlich. Ein Kratzer oder Biss kann schlimme Infektionen hervorrufen.

Es donnert in der Ferne. Wir packen zusammen und werfen den Affen noch ein paar Essensreste hin, die sie blitzschnell an sich reißen und ins Gebüsch mitnehmen.

Eine Giraffenherde läuft wie aufgescheucht in langen eleganten Sätzen an unserem Auto vorbei, bleibt stehen, einige laufen zurück. Das ist ungewöhnlich. Ich halte an und sehe in diesem Augenblick den Grund für ihr merkwürdiges Verhalten. Vier junge Löwinnen sind ihnen auf den Fersen. Es sieht spielerisch aus, hat aber System. Immer wieder setzen sie zur Jagd an, umkreisen die Herde, brechen ab, setzen erneut an. Die Giraffen entfernen sich immer weiter, ich will schon weiterfahren, da sehe ich, dass die Löwinnen ein Junges abgesondert haben, das nun völlig hilflos und allein mitten in der Savanne steht. Es mutet wie ein riesiges Katz- und Mausspiel an. Sie kommen immer näher an das völlig still stehende Giraffenkind heran, die Muskeln an den Schulterblättern bewegen sich wie bereit zum Sprung. Aber es ist eben wie auch bei Hauskatzen: Solange sich die Maus nicht bewegt, ist die Jagd uninteressant. Ich hoffe so sehr, dass das Kleine die Nerven behält, die kleinste Bewegung bedeutet seinen

Tod. Der Instinkt tief drinnen in den Genen funktioniert. Es steht starr wie zur Salzsäule erstarrt, nicht einmal der Schwanz oder die Ohren bewegen sich. Die Giraffenherde steht weit entfernt. Die Tiere schauen in unsere Richtung.

Es ist dämmrig, aber immer noch kann man die reglose Giraffe stehen sehen. Die Wolken öffnen sich zu einem tropischen Regenguss, trotzdem bewegt sie sich nicht. Die wasserscheuen Löwen Mädels dagegen brechen die Jagd ab. Sie laufen direkt vor unserem Auto über die Straße und verschwinden im Busch.

Ein Stein fällt mir vom Herzen. Am liebsten würde ich warten, um zu wissen, wie diese spannende Geschichte ausgeht. Aber man muss um 19 Uhr den Park verlassen haben.

Das Letzte, was ich im schwindenden Tageslicht sehe, ist, wie sich die Giraffenherde langsam zurückbewegt.

Das sieht nach einem Happy End aus!

Hühnerkram

Wildes Gegacker reißt uns aus unserer Unterhaltung. Meine Hundemeute jagt die drei Neuankömmlinge ums Haus. Wir springen auf und laufen in den Garten, um die sanften Federtiere zu retten. Auf unserem Schoß sitzend beruhigen sich die zitternden Hühner schnell und hinterlassen eine Schar Milben auf uns.

Duque, Bella und Tatu haben eine lange Reise hinter sich. Patrick, der Sohn meines Ex-Chefs und seine Freundin sind zu Fuß in Kenia und Tansania unterwegs. Mein Haus soll die letzte Station ihres Afrika-Abenteuers sein. Von hier aus werden sie dann ein paar Tage später wieder ihre Heimreise antreten. Die beiden jungen Leute haben in jedem Dorf ein Huhn geschenkt bekommen. Eine typisch afrikanische Freundschaftsbekundung, die man auch nicht ablehnen sollte. Einige haben sie weitergegeben, aber die drei haben sie ins Herz geschlossen und in Körben durch Ostafrika transportiert. Meist auf dem Dach eines Sammeltaxis oder Überlandbusses. Umso glücklicher sind die drei nun durch den großen Garten zu rennen und ihre Schnäbel auf der Suche nach Würmern in den weichen Boden versenken zu können.Die Hunde sind schnell beruhigt und beobachten nur noch gelangweilt den Besucherzuwachs.

Abends sitzen wir um den Tisch, die Hühner haben die Hundekissen besetzt und klappern schläfrig mit den Lidern. Patrick eröffnet uns, dass er gedenkt die Hühner mit nach Deutschland zu nehmen. Irgendwie ist er der Meinung sie bei seinem Vater, der ein Reihenhaus mit winzigem Garten bewohnt, abzugeben. Der hat natürlich noch keine Ahnung von seinem Glück. Ich versuche ihm diese „Schnapsidee" auszureden. Ohne Erfolg. Am nächsten Tag macht sich Patrick auf die notwendigen Genehmigungen zu besorgen. Genervt aber glücklich kehrt er abends zurück und wedelt mit einem Bündel Papieren. Außerdem hat er einen Dreiraum Käfig aus Holz machen lassen, den er liebevoll mit Stroh ausgelegt hat.

Der Flug von Nairobi nach Frankfurt geht kurz nach Mitternacht. Unser kenianischer Firmenfahrer kommt und wir verladen die merkwürdige Fracht. Ich umarme die beiden Abenteurer herzlich und wünsche ihnen viel Glück.

Morgens um sieben klingelt das Telefon. Ich kann erst nichts verstehen. Dann höre ich

Patricks Stimme. Aufgeregt erzählt er, dass ein wichtiges Dokument fehlt und der Zoll Duque, Bella und Tatu einschläfern will. Ich spreche mit dem Beamten, erzähle ihm diese außergewöhnliche Geschichte, bitte und bettle. Endlich erklärt er sich bereit, die Hühner zurückzuschicken. Patrick ist traurig, aber auch erleichtert.

Unser Fahrer steht also fast 24 Stunden später wieder am Flughafen Nairobi und nimmt die Box entgegen. Ich möchte mir nicht ausmalen, was er über die ganze Sache denkt!

So landen die drei Reisenden wieder bei mir. Ich öffne die Türchen, die Hühner schreiten ins Freie, schauen sich um, schütteln sich und fangen sofort an zu picken. Als sei es das normalste der Welt, innerhalb eines Tages und einer Nacht mehr als 12000 km zurückzulegen.

Mit langen Sätzen läuft er auf uns zu. Selbst von Weitem erkennt man die Muskeln an seinem geschmeidigen Körper. Keine Angst zeigen, ganz normal benehmen, keine hektischen Bewegungen, langsam aussteigen und auf das Haus zugehen. So lautet die Anweisung unserer Freunde.

Duma springt in einem Riesensatz auf die Motorhaube und sieht uns abwartend an. Dieses Tier ist so wunderschön, mit schwarzen, wie mit Kajalstift gemalten Linien, die wie schwarze Tränen aus seinen Augen heraus fließen, den gelben Raubtieraugen, dem gefleckten Fellmuster. Ich halte seinen Blick ehrfürchtig und voller Glück stand. Elegant springt er auf den Kiesweg und läuft voran, wie um uns den Weg zum Haus zu weisen. Das „Haus" ist eine gigantische Rundhütte, mitten in der Savanne gelegen, umgeben von Fieber Bäumen und undurchdringlichen Büschen. Ein grünes, klares Schwimmbecken lädt zum sofortigen Hineinspringen ein. Die Hitze ist unbeschreiblich, Schweiß rinnt mir den Rücken hinab. Aber wir müssen uns gedulden. Unsere Freunde servieren uns erst einmal auf der überdachten

Veranda eisgekühlte Getränke. Sie betreiben eine Wildfarm und verkaufen Antilopen- und Zebrafleisch an Restaurants. Duma spielt indessen mit dem jungen Ridgeback rund um den Pool Fangen. Der Welpe ist natürlich der Unterlegene, wer kann es schon mit einem Geparden aufnehmen? Ein Gepard kann im Spurt bis zu 130 km/h erreichen!

Wir erfahren die Geschichte von Duma. Der nächste Nachbar, ca. 100 km entfernt, fand die Überreste der Mutter. Wilderer hatten sie wegen des Fells getötet. Daneben saß ein winziges, halb verhungertes Junges. Das ist fast zwei Jahre her. Seitdem bewegt sich Duma mit großem Selbstverständnis im Haus, besetzt Sofas, spielt mit den Hunden und bettelt in der Küche.

Er ist jedoch immer frei zu entscheiden, wann er kommt und geht. Wenn er nach Hause kommt, wird sein Bauch abgetastet, um zu kontrollieren, ob er schon Beute gemacht hat. Wenn nicht, warten zehn Kilo Zebrafleisch auf ihn. Als der Nachbar sich einmal telefonisch meldete, um zu sagen, dass sich Duma auf seinem Sofa räkelt, beschlossen meine Freunde, ihn nachts im Schuppen einzusperren, damit ihn nicht das gleiche Schicksal wie das seiner Mutter ereilen würde.

Später schwimmen wir in dem kühlen Wasser. Zum Tee sitzen wir wieder auf der Terrasse. Duma liegt lang ausgestreckt neben uns. Wir kraulen ihn, bürsten sein weiches Fell, wozu er wie eine Hauskatze schnurrt – nur viel lauter. Die langsam untergehende Sonne taucht alles in ein warmes Licht.

Duma hat an diesem Tag unser aller Herzen erobert. Wir trennen uns nur schwer von diesem Tag voller Zauber.

Als wir nicht lange nach unserem Besuch erfahren, dass sich Duma bei dem Versuch, durch das geschlossene Fenster des Schuppens nach draußen zu gelangen, tödlich verletzt hat, trauern wir wie um unser eigenes Haustier. Sein Körper wurde unweit des Hauses gefunden, eine Scherbe hatte eine Arterie zerschnitten, er war verblutet.

Seppi

Ich stand Schmiere, meine Freundin und ihr Sohn brachen das Vorhängeschloss und die Eisentür auf. Nervös schauten wir uns um. Das Auto hatten wir vor dem Gebäude geparkt und konnten daher unsere Beute schnell im Kofferraum unterbringen. Wir brausten über staubige Wege davon. Niemand hatte uns gesehen.

Zu Hause angekommen, fuhren wir auf das Grundstück und schlossen die schwere Holztür hinter uns. Vorsichtig öffneten wir die Hintertür des Wagens. Da saßen sie. Drei verängstigte Hunde-Kreaturen, die nicht verstanden, was gerade passiert war.

Bei meinen Spaziergängen durch den andalusischen Campo war ich des Öfteren an einem Verschlag vorbeigekommen, aus dem jämmerliches Gewinsel zu hören war. Kein Fenster bot Einblick, die Tür war verrammelt. Da entstand die Idee, die Tiere zu retten. Das ist Diebstahl, belehrte mich mit strafendem Blick meine Tierärztin später, sie waren als Jagdhunde registriert und somit wertvoll. Die spanischen Podencos werden in Gruppen gehalten, karg gefüttert und nur bei Bedarf zur Jagd freigelassen. Ein trauriges Thema.

Die drei Geretteten – wir nannten sie Rocky, Paco und Seppi – waren anfangs sehr schüchtern. Ich brachte Decken, Wasser und Fressen zu der Hecke, unter der sie sich verkrochen hatten. Nicht leicht für sie zu vergessen, dass sie, anstatt an Ketten in einem dunklen Raum zu leben, nun die volle Freiheit genießen durften.

Der erste, der sich traute, sein neues Umfeld zu erforschen, war Seppi. Nie zuvor habe ich einen solchen Hund gesehen. Kurzbeinig wie ein Dackel, riesige Stehohren, drahtiges braunes Fell. Vorsichtig näherte er sich mir und leckte meine Hand, die ich nach ihm ausstreckte. Es war Liebe auf den ersten Blick. In den folgenden Wochen nahm ich die drei mit auf lange Spaziergänge am Fluss oder in den nahen Wald. Sie tauchten ein in ein neues Leben der Freiheit! Ich gewöhnte mir an, ein Buch mitzunehmen und zu warten, bis sie von ihren Streifzügen zurückkamen. Für Paco und Rocky fand ich ein gutes Zuhause, Seppi wollte ich um nichts in der Welt mehr hergeben. Er war ein Clown, ein Charmeur, ein Gourmand, ein liebenswerter Dickkopf. Ich brauchte ihn nur anzusehen, und meine Laune hob sich und meine Seele lächelte. Mit Mensch und Tier war er in Frieden. Außer mit Kaninchen, die wurden gejagt, dafür verschwand er dann für eine ganze Weile im Unterholz.

Heute stehe ich an seinem Grab. In seinem Lieblingswald haben Freunde mir geholfen, ein Loch zu graben. In eine weiche Decke gewickelt liegt er da vor mir. Ich werfe Wildblumen und eine Handvoll Erde hinein. Zwölf Jahre liebevolle Gemeinschaft mit diesem wundervollen Hund liegen hinter mir. Ich bedanke mich im Stillen dafür.

Ich laufe zum Strand hinunter, wo ich in der vergangenen Nacht noch eine letzte Runde mit ihm drehte. Da hatten seine Nieren bereits aufgehört zu arbeiten.

Später, alleine mit mir, lasse ich meinen Tränen freien Lauf. Ich weine um den Verlust und die Gewissheit, einen solchen Hund nicht noch einmal zu finden.

Hundeleben

Von all meinen Rhodesian Ridgebacks meines Afrika-Lebens, sind mir zwei besonders in Erinnerung geblieben. Ambo der Patriarch, Gewinner diverser Preise bei den Hundeshows in Nairobi, und Bonzo der absolute Clown, genannt der Ententräger.

Ridgebacks sind wunderschöne Hunde, die ihren Ursprung in Südafrika und Zimbabwe haben, wo sie zur Löwenjagd benutzt wurden. Gezüchtet wurden sie aus Dogge, Bluthund und einer lokalen Rasse. Merkmal ist der „Ridge" auf dem Rücken, wo die Haare in entgegengesetzter Richtung wachsen. Sie sind intelligent, spitzbübisch, würdevoll, aber auch durchsetzungsstark, was den Hundetrainer, zu dem ich meine beiden angemeldet hatte, zu dem Ausspruch veranlasste: Oh je, Ridgebacks! Die Intelligenz lässt sie schnell begreifen, was sie tun sollen, die Durchsetzungskraft zeigt dem Besitzer: Ich habe es begriffen, jetzt lass mich in Ruhe!

Eines haben sie alle gemeinsam: Die Liebe zu jeder Art von Sofa, Sessel oder Bett. Und eines hassen sie: die Leine. Freiheit heißt die Parole!

Von Ambo verabschiedeten wir uns auf ganz besondere Art. Wir wussten, dass er mehrere Krebsgeschwüre hatte, die nicht behandelbar waren. Eines späten Abends suchte ich ihn überall. Es war eine helle Vollmondnacht, der Garten war in sanftes, silbriges Licht gehüllt. Da sah ich ihn. Er lag im feuchten Gras, den Kopf Richtung Mond erhoben, die Pfoten elegant gekreuzt. Mein Sohn und ich setzten uns zu ihm, jeder einen Arm um seinen Hals, so verharrten wir, bis der Mond hinter den Wolken verschwand. Wir weinten, weil uns in diesem Augenblick klar war, was Ambo uns mitteilen wollte. Am nächsten Morgen wollte er nicht mehr aufstehen, auch sein Lieblingsgericht blieb unberührt. Er schlief sanft am selben Nachmittag ein.

Er hinterließ seinen Sohn Bonzo, der so gar nichts Würdevolles von seinem Vater geerbt hatte. Er war einfach lustig und freundlich mit jedermann und nicht sehr intelligent. Er liebte es, im Garten herumzutollen, Hühner, Enten und Gänse aufzuscheuchen und sich darüber zu freuen, wenn diese gackernd, schnatternd auseinanderstoben. Eine Ente hatte es ihm besonders angetan. Irgendwie schien es, dass diese Bonzo auf ihre Art liebte. Wann immer sie ihn sah, blieb sie stehen, senkte bereitwillig den Kopf, ließ sich von ihm am Hals packen und durch den Garten tragen.

Irgendwann setzte er sie ab, sie schüttelte sich den Speichel ab und watschelte wieder zu ihrer Gruppe. An ihrem Hals hatte sich schon eine kahle Stelle gebildet, sie war jedoch nie verletzt. Bonzo ging sehr sanft mit seiner Entenfreundin um. Unzählige Fotos existieren von dieser merkwürdigen Freundschaft. Hätte es zu dieser Zeit schon Facebook und Youtube gegeben, sicherlich wären etliche Videos dort gelandet.

Bonzo war total unabhängig von uns, sein umgängliches Wesen war für alle da. Jeder mochte ihn.

Unser Ententräger-Clown blieb in Kenia bei Freunden, die ihn sehr liebten. Die Ente haben sie auch übernommen.

Hundezählen

Wenn andere Schäfchen zählen, wenn sie nicht schlafen können, zähle ich Hunde. Sie ziehen an mir vorüber, einer nach dem anderen. Meine eigenen Hunde, Hunde, die mir zugelaufen sind und die ich dann weitervermittelt habe, Hunde, auf die ich aufgepasst habe. Ich versuche mich an ihre Namen zu erinnern und zähle mit. Bei zwischen fünfzig und sechzig schlafe ich ein.

Mit Bobby fing mein Hundeleben an. Ein scherenschleifender Zigeuner verkaufte ihn meinen Eltern an der Haustür. Der weiße Mini-Eisbär schlich sich sofort in mein Kinderherz. Endlich hatte ich einen echten Hund und musste nicht immer meinen Stoffdackel um die Häuser ziehen, dem davon schon die Sägespäne aus den krummen Beinchen rieselte. Ich weinte tagelang als Bobby an Staupe starb.

Der nächste Hund war Bingo. Eine Bekannte hatte die Folge einer Mesalliance zwischen Pudel und Schäferhund in der Nachbarschaft verteilt. Er liebte Vollmilchschokolade, schlief unter meiner Bettdecke und war mein treuer Begleiter. Als ich längst aus dem Haus war, lebte er als Kindersatz bei meinen Eltern, bis er mit siebzehn Jahren friedlich einschlief.

Dann folgte in Afrika Astor, ein langhaariger Schäfermischling. Für zwölf Jahre eine von mir und meinem Mann geliebte Pestbeule. Er war ein Killer und Beißer von klein auf. Wir bekamen Anzeigen und sogar Morddrohungen von gestressten Hundebesitzern, keine Versicherung nahm uns mehr auf. So blieb er bis zu seinem Ende im Garten und ließ seinen Frust an den armen Goldfischen aus, die er mit der Pfote aus dem Teich wischte.

Es folgten zwei Rhodesian Ridgebacks, Ariane und Ambo, die wir von einem Freund geschenkt bekamen, sowie Purzel, ein schwarzer Mischling, der winzig und voller Flöhe und Zecken nachts mitten auf der Straße saß. Dann Pancho, der mit noch geschlossenen Augen aus der Mülltonne gefischt und Ariane, die gerade Junge hatte, an die Brust gelegt wurde. Dann noch ein Bingo, der eines Tages im Büro unter dem Schreibtisch hockte und wie selbstverständlich abends mit ins Auto sprang.

Dann folgten unzählige gefundene und geschundene Kreaturen, die von uns aufgepäppelt und in ein neues Zuhause entlassen wurden. Beim "Hunde zählen" vor dem

Einschlafen komme ich da leicht ins Schleudern.

Meine nächste Lebensstation war Andalusien. Hier ging es munter weiter. Zu den zugelaufenen und geretteten Hunden kamen noch Gasthunde, die ich betreute, und Pflegehunde, die ein Zuhause bis zum Abflug nach Deutschland benötigten. Im Nu war ich mitten in einem Tierschützer-Vermittler-Verbund. Ich lernte auch mal NEIN zu sagen. Sehr schwierig, wenn man in Hundeaugen schaut!

Aus dieser Zeit sind mir vier Hunde geblieben. Wieder ein Bingo, dann folgten Seppi, Milli und Sadie.

Ich liebe sie alle heiß und innig. Speziell wenn sie bei meinen Yogaübungen auf mir rumturnen. Endlich hat sie begriffen, wo sie hingehört, scheinen sie zu sagen, nämlich zu uns hier unten auf die Erde. (Sonst natürlich auch immer gerne auf dem Sofa).

Ein kalter Herbsttag. Zu kalt für Ende September. Die Heizung ist eingeschaltet. Ich sitze mit meinen Freunden auf dem Teppich und weltbewegende, politische Themen werden diskutiert. Die Notstandsgesetze -da muss was getan werden, sonst hat die Regierung zu viel Kontrolle, der Paragraph 175 – höchste Zeit aus dem Sumpf alter Konventionen herauszukommen, Emanzipation – endlich Freiheit für die Frauen und die Selbstbestimmung über ihren Körper. Wir rauchen und lassen die Lambrusco-Flasche kreisen. Wir werden die Welt verbessern, wenn nötig, mit Gewalt.

Der Wind pfeift ums Haus. Ein kleiner gelber Schmetterling flattert außen an der Fensterscheibe. Robert öffnet das Fenster und der Winzling wird vom Wind ins Zimmer geweht. Erschöpft setzt er sich auf meine Hand und genießt die Wärme.

Plötzlich ändert sich das Thema. Alle interessieren sich nur noch für das kleine Tier, jeder möchte es einmal auf der Hand spüren, dieses gewichtslose Wesen. Herbert erklärt ihn zu einem Kohlweißling, was von Fritzi sofort dementiert wird. Ein Lexikon wird geholt, Fritzi hat Recht, es ist ein Zitronenfalter. Die Zitronenfalter erreichen eine Lebensdauer von zwölf Monaten steht da, und er ist der einzige mitteleuropäische Schmetterling, der an einem Ast hängend oder im Laub den Winter überlebt. Er hält Temperaturen bis zu minus 20 Grad aus. Eine Diskussion entsteht, ob wir ihn nicht besser wieder in die Natur entlassen sollten. Es wird abgestimmt. Eindeutiges Ergebnis: Er bleibt. Wir werden ihn über den Winter bringen und im Frühjahr wieder in die Freiheit entlassen! Was interessiert uns jetzt noch Politik? Wir haben ein Lebewesen zu retten!

Jetzt muss er nur noch einen Namen bekommen. Wir entscheiden uns für „Lufti" und taufen ihn mit einem Wassertropfen. Fröhlich kreist die Weinflasche.

Jetzt geht es um die nächste Frage: die Unterbringung und Ernährung. Wieder wird das Lexikon zu Rate gezogen. Inzwischen hole ich aus der Küche die riesige Käseglocke, die meine Mutter zum Geburtstag im Januar bekommen hatte. Jetzt hat sie ihre Bestimmung gefunden!

Michi ist schon draußen im Garten und sammelt restliche Sommerblüten, Gras und Laub für ein gemütliches Zuhause. In eine flache Schale stellen wir eine kleine Menge

Zuckerwasser hinein. Die Käseglocke wird mit Streichholzschachteln erhöht, so dass Lufti nicht erstickt. Wir liegen vor dem Glas mit einer Lupe und beobachten fasziniert, wie er seinen winzigen Rüssel ausfährt und die Köstlichkeit einsaugt.

Wochenlang haben wir Freude an Lufti. Bis eines Tages sein Flügel verklebt ist und ein Fühler fehlt. Orientierungslos läuft er nur noch im Kreis. Er muss mit beidem in das Zuckerwasser geraten sein. Mit Tränen in den Augen beschließen wir, ihn von seinen Leiden zu erlösen. Er nimmt uns die Entscheidung ab, indem er sich auf die Seite legt und stirbt. Meine coole Clique – wir weinen wie kleine Kinder. Er wird im Garten beerdigt. Zur Trauerfeier kreist die Lambrusco-Flasche.

Knast

Die schwere Eisentür der Gefängnistür schlägt hinter uns zu. Eine funzelige Glühbirne hängt in der Mitte des winzigen Raumes und lässt gerade noch die unzähligen Graffitis an den Wänden erkennen. Wir setzen uns auf die Bank und starren stumm auf das vergitterte Loch in der Tür.

Mein österreichischer Nachbar und guter Freund ist im Polizeigefängnis. Ich rufe einen befreundeten Anwalt an und wir fahren hin. Frank wird uns in Handschellen vorgeführt, Schuhe und Gürtel hat man ihm abgenommen. Wir bekommen fünf Minuten Redezeit. Die Geschichte ist so verrückt, dass ich Zweifel habe, ob sie vor Gericht glaubwürdig erscheint. Frank, Stammgast in der „Bush-Bar", war mit einem deutschen Journalist ins Gespräch gekommen. Dieser hatte in Somalia billig eine Kalaschnikow erstanden, die er als Souvenir mit zurück nach Deutschland nehmen wollte. Er suchte ein sicheres Plätzchen für das gute Stück bis zu seiner Abreise. Frank versprach, die Waffe in seiner Garage zu verstecken. Die Bar war immer von CID Leuten besucht, einer musste mitgehört haben. So kam alles ins Rollen.

Nachdem Frank eine Warnung erhalten hatte, beschloss er, das Ding auseinanderzunehmen und in Teilen zerlegt in verschiedene Müllcontainer zu werfen. Zu dumm, dass er beschloss zuerst seine Werkstatt zu öffnen, um die Mechaniker einzulassen, denn da wartete schon die Geheimpolizei. Außer den Waffenteilen wurde auch noch ein Führerschein bei ihm gefunden, der nicht in Franks Namen war. Seinen hatte er aus Versehen mitgewaschen und das unleserliche Dokument durch den Führerschein eines Bekannten ersetzt.

Jetzt sitzen wir hier. Die Verhandlung ist beendet, das Urteil lautet: Ein gut beleumundeter Kenianer muss für ihn bürgen, dann kommt er frei. Ich gehe mit den Gefangenen hinunter und werde prompt mit eingesperrt! Bis 16 Uhr haben wir Zeit, die notwendigen Dokumente zusammenzutragen. Alle Stunde geht ein Transport mit Verurteilten ins staatliche Gefängnis. Der sadistische Polizist, der uns bewacht, kommt, um Frank abzuholen. Gegen ein Scheinchen, das blitzschnell unter seiner Mütze verschwindet, lässt er davon ab. Frank ist fix und fertig, die Aussicht, in dieses Drecksloch gebracht zu werden, lässt seine Nerven blank liegen. Ich lenke ihn ab, wir machen allerlei Spiele und ritzen unsere Namen an die Wand zu den vielen anderen.Wieder eine Stunde vorbei, wieder wechselt ein Geldschein seinen Besitzer. Noch eine Stunde verbleibt. Durch das Guckloch sehe ich einen Lichtschacht, wo immer wieder die roten Pumps meiner Freundin auftauchen, die uns mit den Papieren hilft. Frank zittert wie Espenlaub.

Noch zehn Minuten. Tak-tak-tak höre ich die Absätze, Gemurmel, der Sadist kommt sein Scheinchen abholen, die letzten Gefangenen, mit Ketten aneinander gebunden, verlassen das Gebäude.

Die Tür wird aufgeschlossen, wir sind frei!

Wir? Du nicht, sagt der Sadist. Mein Herz setzt für einen Moment aus, dann schiebt er uns grinsend in die Freiheit.

Die Maschine der Sudan Airways setzt hart auf der von Schlaglöchern durchzogenen Piste auf. Nach einem knapp zweistündigen Flug bin ich von Nairobi aus in Juba gelandet. Ich habe einen Auftrag des Entwicklungshilfe Büros, für das ich arbeite. Wochen zuvor war einer unserer Mitarbeiter von Rebellen entführt worden. Zu welchem Zweck wurde nie bekannt. Er kam mehr oder weniger wohlbehalten mit 20 kg weniger auf den Rippen zurück. Die deutsche Regierung jedoch zog ihr Hilfe Mandat für diese Gegend zurück.

Der Südsudan leidet seit Jahrzehnten bis heute an den Folgen eines Bürgerkrieges, der nach 22 Jahren im Jahre 2005 mit einem Friedensabkommen ein Ende fand. Als ich 1989 einreiste, waren Flüchtlingsströme, Hungersnöte und Grausamkeiten unter der Bevölkerung an der Tagesordnung. In diesem Jahr übernahm John Garang die Führung der sudanesischen Befreiungsarmee; er wollte die Unabhängigkeit vom Norden.

Nun gilt es, logistische Unterstützung bei der Auflösung des „German Medical Teams" zu geben. Meine Aufgabe ist es, die Belege der

Buchhaltung zu sammeln und zu ordnen sowie Hilfe bei der Auflösung des Büros zu leisten.

Ich werde zu einem kleinen Hostel gebracht und von dort direkt ins Büro, das von lokaler Polizei mit Schnellfeuerwaffen umstellt ist. Der Projektleiter und die deutschen Ärzte der umliegenden Krankenstationen sind bereits versammelt. Ein Plan wird erstellt. Der Projektleiter Dr. R. zeigt mir meinen Arbeitsplatz. Berge von Belegen – teilweise auf Arabisch oder auf Baumblätter gekritzelte Quittungen -, fast alles ohne Datum. Ich besorge mir einen Karton, werfe alles hinein, werde ihn mit nach Nairobi zurücknehmen. Somit bin ich arbeitslos. Ein Mitarbeiter bietet mir an, mit mir ein bisschen Sightseeing zu machen. Sehr gerne! Auf einem Geländemotorrad rattern wir über staubige Pisten nach Juba hinein. Ein schmutziger Ort am Westufer der Nils gelegen, der mit viel Fantasie noch den Glanz vergangener Zeiten ahnen lässt. „From Cairo to Capetown – it used to be paradise", schwärmt der griechische Tavernenbesitzer mit tränenfeuchtem Blick, als er uns den süßen Mokka serviert.

Weiter geht es ins Dorf der Dinkas. Mein Kollege schenkt ihnen ein Paket mit

Medikamenten. Ich bekomme ein traditionelles Sandemesser überreicht.

Nächste Station ist ein Projekt der Zoologischen Gesellschaft Frankfurt. Hier sollte ein Nationalpark entstehen. Das deutsche Ehepaar heißt uns willkommen. Sie leben in einem selbst gebauten Camp, die Cessna unbenutzt daneben. Die Zeiten sind gefährlich, es gibt keine finanzielle Unterstützung. Dennoch wollen sie bleiben. „Wir lieben es hier im Busch", sagt sie, und wir stoßen mit einem Gin Tonic an.

Abends sitzen wir alle im Büro und genießen die Köstlichkeiten aus dem Kühlraum des Projektleiters. Das ist jetzt unser tägliches Abendprogramm bis zum Abflug.

Traurig verlassen die Mitarbeiter ihr Projekt. Wer hilft den Menschen jetzt? Was wird aus all den Kranken?

Weibliche Formen, weiche Brüste, runde Hinterteile. Als lägen Riesinnen hingebungsvoll hingestreckt inmitten dieser wunderschönen Landschaft. Die Chyulu Hills, von uns "Busenberge" genannt, im Süden Kenias werden selten von Touristen beachtet. Sie fahren weiter bis in den Tsavo Park, oder biegen rechts Richtung Amboseli ab. Dabei sind diese erloschenen, grünen, sanft aneinandergereihten Vulkane traumhaft schön.

Wir lieben diesen Ort. In den sanften Tälern finden sich die schönsten Plätze, um unter einer Dornakazie die Zelte aufzustellen. Der Kilimanjaro befreit sich frühmorgens von seinem grauen Nachtschleier und zeigt sich in seiner schneebedeckten Pracht jeden Tag aufs Neue.

Eine Wanderung über die Hügel ist heute angesagt. Nur die Erwachsenen haben Lust, meine Kinder bleiben zurück. Alex und seine kenianische Spielkameradin spielen Mau-Mau, meine Tochter vertieft sich in ein Buch. Von unserem Wanderweg aus haben wir einen atemberaubenden Blick in die Ebene. Mit Ferngläsern suchen wir nach Tieren. Eine weit entfernte Giraffenherde, Gnus und – Kühe!

Gespannt verfolge ich, wie die Herde geradezu auf unser Camp zusteuert. Drei Massai-Krieger folgen lässig. Jetzt sind sie bei den Zelten angelangt. Einer steckt seinen Speer in die Erde, direkt neben dem Stuhl, auf dem meine Tochter sitzt. Zeit, den Rückzug anzutreten.

Bei unserer Ankunft schauen sie nur kurz auf. Viel interessanter sind die Matchbox Autos, die sie abwechselnd auf der schräg gestellten Safari-Liege herabrollen lassen. Immer wieder von neuem. Wir beginnen das Abendessen vorzubereiten, schnippeln Karotten und Kartoffeln. Einer setzt sich zu uns, langt über den Tisch, nimmt eine Karotte, beißt hinein und spuckt sie angewidert aus. Meine Sonnenbrille wird herumgereicht und sie betrachten sich fröhlich lachend im Außenspiegel des Autos. Eine Zeitung wird durchgeblättert, meine langen Haare werden vorsichtig berührt und kommentiert. Plötzlich stehen sie auf, treiben die Herde zusammen. Alex läuft zu ihnen und schenkt ihnen die Spielzeugautos. Einer von ihnen streicht ihm über den Kopf.

Jetzt haben sie es eilig. In großen Sprüngen rennen sie genau in die feuerrote Sonne hinein, die in wenigen Minuten untergehen wird.

Einer springt hoch in die Luft und wirft dabei seinen Speer in das schwindende Licht. Sein rotes Tuch weht dabei hoch und entblößt sein nacktes Hinterteil.

Später sitzen wir am Lagerfeuer und unterhalten uns schmunzelnd und über das liebenswerte kindliche Verhalten der Krieger.

Am nächsten Morgen bauen wir unsere Zelte ab und machen uns abfahrbereit. Im Dunst nähert sich eine Menschengruppe. Die Kinder halten die Spielzeugautos in Händen, eine Frau reicht uns eine Kalebasse, gefüllt mit saurer Milch. Eine Schicht Ameisen schwimmt darauf. Ich fülle das Getränk in eine Plastikkanne um, lege die Hände aneinander und bedanke mich: "Asante sana".

Sie entfernen sich und werden von einer Staubwolke verschluckt.

Jagdfieber

Eigentlich wollte ich ja mit dem Thema Afrika abschließen und mich auf mein Leben in Andalusien konzentrieren. Ich habe Geschichten über diese wichtige Zeit in meinem Leben geschrieben. Aber die Vergangenheit springt mich immer wieder an wie ein wildes Tier, um mir mitzuteilen, dass ich diesen Abschnitt nicht so einfach ad acta legen kann.

Gestern blätterte ich durch alte Bücher und stieß auf einen Hemingway-Band, in dem die Geschichte „Das kurze glückliche Leben des Francis Macomber" veröffentlicht war.

Sofort war die Erinnerung wieder da. Eine Jagdsafari am Ora River im tiefsten Uganda. Mit Widerwillen hatte ich mich der Gruppe angeschlossen. Tiere nur um der Trophäen willen zu töten, finde ich ganz schrecklich. Aber mein Bruder, begeisterter Jäger, hat mich überredet. Ich war neu im Land, jung und neugierig. In der Morgendämmerung brachen wir auf. Bernd, meine kleine Tochter Birgit, damals gerade mal sieben Jahre, in einem Pick-up, der für die nächsten Tage unser Zuhause sein sollte. Über die Ladefläche war Canvas gespannt, darunter Matratzen, Bettzeug, Wasser, Kühlbox.

Mein Bruder und Familie in einem Fahrzeug, ein weiteres mit Einheimischen und Ausrüstung.

Endlos vor uns die Weite, Schirmakazien, Steppen, vereinzelt Zebras, Antilopen, Giraffen. Die Straße haben wir hinter Gulu verlassen und fuhren nun westwärts.

Von Weitem sahen wir schon die breite Feuerfront vor uns, dichter Rauch versperrte uns den Weg. Wir hielten kurz an, um zu beratschlagen. Es gab nur zwei Möglichkeiten: umkehren oder durch. Alle stimmten für „durch". Das Auto meines Bruders voran, wir folgten mit Vollgas. Ich saß vorne, meine Tochter umklammert, und beobachtete fasziniert, wie wir durch diesen Feuersturm rasten. Schwarze Aschefetzen wirbelten vor uns, rechts und links Feuer. Es waren nur Sekunden, die ich aber nicht vergessen werde. Lachend hielten wir an, erleichtert prosten wir uns mit einem kühlen Bier zu.

Abends am Fluss, der noch Wasser führte, lagen wir im kühlen Nass mit einem Drink. Ein Lagerfeuer brannte. Über uns das fantastische Sternenzelt des Äquators. Die Männer hatten eine Antilope geschossen, die für uns zubereitet wurde. Ich überwand meine Abscheu vor der Jagd und aß mit. Köstlich, zugegeben!

Am nächsten Tag ging es auf die Pirsch. Ein Büffel sollte es sein. Ich betete darum, dass wir kein einziges Tier treffen sollten. Doch es kam anders.

Wir schlichen durch das Unterholz, die Fährtensucher voraus, dahinter mein Bruder mit dem Gewehr. Plötzlich stand er vor uns. Ein gewaltiger Bulle, Einzelgänger, vielleicht 50 m entfernt, der, in seiner Ruhe gestört, sofort angriff. Wir stoben auseinander. Ich hörte nur noch den Schuss, und das Tier brach in die Knie, kurz bevor es uns erreicht hatte. Ein weiterer Schuss. Ich wollte das alles nicht sehen und lief zum Camp zurück.

Ich weinte bittere Tränen um diese schöne Kreatur, von der am nächsten Tag nur der blutige Kopf mit dem gewaltigen Gehörn verladen wurde.

Es gab in der Tat nichts zu kaufen in Kampala unter der Schreckensherrschaft Idi Amins. Das Einkaufen war zu einer Herausforderung geworden. Wir hatten eine Telefonkette gebildet (wenn die Telefone dann funktionierten), um uns gegenseitig über etwaige Lebensmittellieferungen zu informieren. Bei Freshfood gibt es Zucker, oder die Hühnerfarm schlachtet morgen, oder es gibt Milch und Sahne bei der Molkerei. Jeder stürzte dann in sein Auto, man fuhr in die genannte Richtung, oft umsonst, aber manchmal auch mit „Beute".

Bei der Molkerei, erlebten wir einmal, wie der nette ugandische Angestellte die Leiter an dem riesigen Edelstahlkessel hinauf stieg, um zu sehen, ob noch Sahne da war. Tief beugte er sich hinab und fiel hinein! Weiß triefend kam er hoch und sagte: „There is"! An diesem Tag verzichteten wir auf die seltene Köstlichkeit.

Auf dem Markt konnte man noch Tomaten, Zwiebeln und Matoke, (Kochbanen, das Hauptnahrungsmittel) kaufen. Dann gab es noch den „Lebend Markt", mit allerlei Insekten und Würmern, es krabbelte und wuselte dort nur so. Das war jetzt nicht mein Ziel. Der

Fischmarkt bot nur getrockneten Fisch an. Frischer Fisch, obwohl der Lake Victoria nicht weit war, erreichte aufgrund der Benzinknappheit nie Kampala.

Das Kühlhaus am Schlachthof war meist leer. Der junge Mann Jack, der dort die Stellung hielt, rief mich immer an, wenn er ein Rindfilet für mich beiseite legen konnte. Das andere Fleisch konnte man nicht essen. Die schlecht ernährten Anchole Rinder, mit ihrem wunderschönen riesigen Gehörn, wurden von Nord Uganda nach Kampala zum Schlachten getrieben. Bis dahin waren sie völlig ausgezehrt und vertrocknet, die armen Tiere. Eines Tages rief Jack mich wieder an. Ich eilte hin, stieg über blutige abgetrennte Rinderköpfe und nahm ein in Zeitungspapier gewickeltes Päckchen entgegen, das an einer Seite weit aufgerissen war. Das seien nur die Ratten, sagte er auf meine Frage. Ich schnitt zu Hause ein Stück ab, wusch das Filet und verarbeitete es zu Bouletten.

Tagesfüllend war der Einkauf von Bier und Softdrinks. Wir Frauen wechselten uns mit diesem nervenaufreibenden Unterfangen ab. Am Tor Passierschein, mit diesem zur Kasse, mit Passierschein und Quittung zum Chef. Überall lange Warteschlangen. Der Chef, der aufgrund unserer Hautfarbe ein Geschäft witterte, verlangte allerlei Güter (Schuhe, Kleidung) im Gegenzug zu seiner Unterschrift. Geld hatte keinen Wert. Dann mit diesem zusätzlichen Papier zur Laderampe, dann endlich raus, wirklich Stunden später.

Wir Europäer hatten wenigstens noch die Möglichkeit uns über Freunde bei der Botschaft oder Hamsterfahrten ins benachbarte Kenia zu versorgen. Uns taten die Einheimischen leid und jeder versorgte seine Angestellten mit.

Wie oft muss ich heute daran zurückdenken, wenn ich in unseren üppig ausgestatteten Supermärkten einkaufe! Heute ist Kampala wieder eine blühende Stadt mit allen Einkaufsmöglichkeiten.

Wir beschlossen, diese Safari langsam angehen zu lassen. Mein Sohn war gerade mal drei Monate alt, ich war kurz nach seiner Geburt Witwe geworden und emotional ziemlich wackelig. Mit Freunden hatte ich mich an die Küste Mombasas zurückgezogen, um Ruhe und Frieden zu tanken, bevor ich wieder zu arbeiten beginnen würde. Auf dem Rückweg einigten wir uns spontan über den Amboseli Park zu fahren, um die zahlreiche Elefanten Population zu finden. Es hatte üppig geregnet und in dieser Zeit verwandelt sich die trockene, graue Steppe in einen riesigen See, in dem die Elefanten baden und spielen.

Wir parkten unsere Fahrzeuge unter einer Schirmakazie, deren weites Blätterdach uns Schutz vor der sengenden Sonne bot. Hunderte von Elefanten versammelten sich am Seeufer, schwammen und spritzten sich gegenseitig mit ihren Rüsseln nass. Wie eine ausgelassene Kinderschar kamen sie uns vor. Dabei waren sie trotzdem immer darauf bedacht, ihre Kleinen zu beobachten, deren Rüssel wie U-Boot-Periskope aus dem Wasser ragten.

Sie beachteten uns nicht und wir hatten Tisch und Stühle herausgestellt und frühstückten vor der großartigen Kulisse des Kilimanjaro-Massivs, das mit seinen knapp 6000 m unwirklich aus der Ebene herausragt. Ich fühlte mich glücklich und dankbar.

Am späteren Nachmittag brachen wir auf, um einen geeigneten Zeltplatz zu finden. Ein Flussufer mit genügend Schatten schien geeignet, zumal es genügend trockenes Holz für ein späteres Lagerfeuer bot. Mein kleiner Sohn war entspannt, als würde er meine Gefühle erahnen. Friedlich schlief er, wann immer er getrunken hatte. Afrika nahm Besitz von ihm!

Abends am Lagerfeuer, unter dem großartigen Sternenzelt mit dem berühmten „Kreuz des Südens", das einst den Seefahrern der südlichen Meere zur Orientierung diente, wurde ich traurig. Wie hätte mein Mann diesen Abend genossen!

Die morgendliche Pirschfahrt wollte ich nicht mitmachen. Genüsslich drehte ich mich nochmals um, als ich gegen 6 Uhr die Autos starten hörte.

Der Geruch weckte mich. Ein Wildgeruch, nicht raubtierhaft, sondern warm und weich. Leise öffnete ich den Reißverschluss meines

Zeltes. Eine graue Säule stand direkt vor mir. Der dazugehörige Rest gehörte einer riesigen Elefantenkuh, die mit ihrem Rüssel mein Zelt abtastete, wohl um herauszufinden, was sich da in ihrem Revier niedergelassen hatte. Still beobachtete ich, wie sich vorsichtig ihr Rüssel dem offenen Zelteingang näherte. Ich unterdrückte den Zwang, ihn zu berühren. Offenbar hatte sie beschlossen, dass keine Gefahr von mir ausging und setzte ruhig ihren Weg Richtung Fluss fort, wobei sie mit unglaublicher Feinheit über die Zeltschnüre balancierte. Kein Stuhl, kein Tisch kam zu Fall. Inzwischen war mein Sohn wach geworden. Ich stillte ihn im Schneidersitz des offenen Zeltes sitzend, während der Rest der Herde gelassen an mir vorbeizog. Wie zum Gruß drehten sie ihre Rüssel in meine Richtung.

Danke Euch, ihr wunderbaren grauen Riesen für dieses Erlebnis.

Wasserspiele

Wenn die Regenzeit vorbei ist, beginnt der Winter in Kenia. Das Hochland ist mit einem grauen Schleier überzogen, die Sonne lässt sich nur stundenweise sehen. Abends wird es kalt. Wenn der Juni vorbei ist, der Juli immer noch keine Besserung zeigt, dann wird es Zeit für eine Safari in wärmere Gebiete.

Wir sind früh aufgestanden an diesem Samstag. Der Jeep ist vollgepackt. Wir fahren bei unseren Freunden vor, die schon startbereit sind. Dann geht es los, hinaus aus dem unfreundlichen Wetter nach Magadi. Der Weg führt steil hinunter, von fast 2000 Metern bis beinahe zu Meeresspiegelhöhe. Mit jedem Kilometer wird es wärmer. Schon sehen wir die schneeweiße Salzfläche leuchten. Tausende von Flamingos waten durch das seichte Wasser. Das Thermometer zeigt 38 Grad. Unter einer Baumgruppe finden wir ein schattiges Plätzchen für die Zelte. Von hier hat man einen atemberaubenden Blick zurück auf den riesigen See. Direkt am Fuße des Hügels sehen wir eine kleine Lagune aus klarem Wasser, gespeist aus der unterirdischen heißen Quelle. Still liegt das Wasser da und spiegelt die umliegenden Berge.

Als es dämmrig wird, nehmen wir die Laternen und laufen hinunter. Genüsslich liegen wir wie in einer großen Badewanne. Über uns ein funkelndes Tuch aus Sternen. Später sitzen wir satt und glücklich am Lagerfeuer.

Wir wachen von der Hitze im Zelt auf. Wir beschließen das Camp abzubauen und in den Ort Magadi zu fahren, wo es ein Schwimmbad gibt. Ich wasche mir Gesicht und Hände in der Plastikschüssel und kippe mir den Rest Wasser über den Kopf. Im Nu haben alle Gefäße in den Händen, füllen aus den Kanistern Wasser hinein und wir schütten uns gegenseitig den Inhalt über die Köpfe, spritzen und prusten, bis wir alle über und über nass sind.

Sie sind lautlos herangekommen. In einem Halbkreis stehen sie da und beobachten uns ausdruckslos. Ihre Kalebassen zum Wasser holen haben sie abgelegt. Es sind sieben Massai Frauen. Die schwarzen Gesichter glänzen vor Schweiß. Wir stehen uns für einen Augenblick stumm gegenüber. Ich halte meine Hand zum Gruß hin. Die Frauen strecken ihre hin, lachen und schnattern. Eine deutet an, dass sie Durst hat. Kein Wasser wollen sie, eine der Frauen zeigt auf die Cola Dosen. Wir füllen inzwischen ihre Kalebassen mit unserem Wasser auf. Die

Frauen klettern auf das Autodach. Bernd hebt die Alte auf den Beifahrersitz. Langsam fahren wir, ihren Fingerzeigen folgend, zu ihrem Dorf. Acht Kilometer sind sie bis zu uns gelaufen und die Wasserstelle ist noch nicht in Sicht. Die Frauen klopfen auf das Dach und steigen schwatzend ab, als das Auto hält. Die Gruppe wandert mit den vollen Kalebassen auf den Köpfen davon.

Ich denke an unsere verschwenderischen Wasserspiele und frage mich, was wohl die Frauen darüber gedacht haben. Ich kenne die Antwort. Sie haben nichts gedacht. Sie sind ganz ohne Arg und verknüpfen diese Verschwendung nicht mit ihrem eigenen Leben. Das eine ist so, und das andere eben anders.

Wir können noch viel lernen.

Zauberhaft

Meine Freunde hatten sich große Mühe gegeben, das Weihnachtsfest so feierlich wie möglich zu gestalten. Im afrikanischen Busch ist das nicht so einfach, ohne Schnee, ohne Tannenbaum und bei sengender Hitze. Aber die vielen Kerzen, der geschmückte Ast einer Dornakazie, und der Geruch des Truthahns verhalfen zu einer festlichen Atmosphäre. Ich war müde und schweigsam während des Essens und entschuldigte mich dafür. Aber jeder hatte Verständnis und so fand es auch niemand merkwürdig, als ich nach dem Dessert aufstand und nach draußen ging.

Die Nacht war heiß und der Himmel spannte sich wie ein glitzerndes Tuch über die Weite Afrikas. Ich wollte alleine sein mit mir und meinen Gedanken, der Trauer um meinen kürzlich verstorbenen Mann. Unten im Dorf begannen die Glocken zu läuten und ich sah Menschen mit Laternen den Weg in die Richtung der kleinen Kirche laufen. Ich stand auf und schloss mich dem Menschenstrom an. Ich war die einzige Weiße die zur Mitternachtsmesse die Stufen hinauf schritt. Ich wurde angestarrt und

Kinder versuchten mich im Vorbeigehen zu berühren.

Vorne auf einer Bühne war die Weihnachtsgeschichte in Lebensgröße aufgebaut. Ein weißer Jesus streckte seine dicken Ärmchen in die Luft und Maria und Joseph schauten mit verklärter Miene in die Krippe. Der europäische Priester kam aus einer Seitentür und stand mit weit ausgebreiteten Armen vorne, um seine Schäfchen willkommen zu heißen. Es war stickig in der Kirche. Der Geruch von Holzkohle und Schweiß, der von den Menschen ausging, verursachte mir Übelkeit. In einem plötzlichen Schwindelanfall wurde mir schwarz vor Augen und ich rutschte wie in Zeitlupe von meinem Sitz.

Irgendwann wachte ich auf. Mein Mund fühlte sich trocken an, die Zunge klebte wie ein übergroßer Fremdkörper am Gaumen. Es war stockdunkel im Raum. Ich tastete um mich, ein Fell war unter mir ausgebreitet. Eine sanfte Hand streichelte meinen Kopf. Jetzt hörte ich, wie ein Streichholz entflammt wurde und sah im Schein das Gesicht einer alten Frau. Sie stellte eine Laterne auf den Boden. Ich befand mich in einer kleinen, rauchigen Eingeborenenhütte. Auf einem Feuer in der Ecke köchelte etwas in einem irdenen Topf. Es war ruhig, nur ein fernes Donnergrollen und das monotone Konzert der Zikaden brach die Stille. Ich wusste nicht, wie lange ich so gelegen hatte, als ich wieder die warme, trockene Hand auf der Stirn fühlte. Ich setzte mich auf und eine Tasse wurde mir an die Lippen gehalten. Bitter rann die Flüssigkeit durch meine Kehle. Die Alte zog mich langsam von meinem Lager hoch und schob mich sanft in Richtung Ausgang. Wir haben kein Wort gewechselt. Ich stand in der Vollmondnacht und sog die frische Luft tief in die Lungen. Ich machte mich auf den Heimweg. Ich fühlte mich stark und mit mir selbst in Frieden. Es geht weiter, das Leben.

Auf den Flügeln der Zeit fliegt die Traurigkeit davon.

Ich musste das wohl laut gesagt haben, denn meine Freunde umarmten mich schweigend mit Tränen in den Augen.

Dankbar

Ich liege ausgestreckt auf den mit roten Bohnen gefüllten Säcken. Das monotone Summen der großen Hercules Frachtmaschine macht mich schläfrig. Den kleinen Rucksack mit 150.000 Dollar Projekt Geld in bar nutze ich als Kopfkissen. Sieht gebündelt gar nicht so viel aus. Wenn sie mich bei der Einreise in den Congo damit erwischen, habe ich keine Chance, ungeschoren davonzukommen. Ich bin über alle Risiken informiert. Trotzdem habe ich den Auftrag meiner Organisation angenommen.

Der Pilot beginnt den Sinkflug. Ich setze mich auf den Notsitz, um mich anzuschnallen. Eine Rinderherde spaziert langsam über die Landepiste. Gekonnt reißt der Pilot die Maschine mit heulenden Triebwerken nochmals hoch. Mein Magen macht einen erschreckten Satz. Endlich landen wir. Ich steige mit gemischten Gefühlen aus.

Ein Tisch mit einem löchrigen Sonnenschirm dient als Ankunftshalle. Der Beamte nimmt seine Aufgabe sehr ernst und ich muss meine Personalien ausführlich in ein langes Journal schreiben. Er macht eine Handbewegung zu seiner Gurgel und fragt nach einer Fanta. „Er meint einen Dollar", raunt mir ein erfahrener Congo-Reisender von hinten ins Ohr. Gott sei Dank habe ich auch ein paar lose Dollars in der Hosentasche. Als er den Inhalt meines Rucksacks sehen will, wird mir kurz schwarz vor Augen. Kleidung und Waschzeug, murmle ich und ziehe als Beweismittel meinen BH, den ich im Flugzeug ausgezogen habe, hervor. Die Leute hinter mir kichern. Er winkt mich durch.

Der Rest des Tages wird mir unvergesslich bleiben. Unser Projektleiter fährt mit mir durch das fast 80 km lange Flüchtlingscamp. Ein Inferno von unglaublichem Ausmaß. Eine Cholera Epidemie ist ausgebrochen. Menschen sitzen am Straßenrand, verrichten ohne Scham ihre Notdurft, endlose Schlangen an den Rote Kreuz Zelten, Leichenberge am Straßenrand, die von freiwilligen Helfern mit Kalk überschüttet und auf Pick-ups geladen werden, andere Menschen häufen Kleidung und Schuhe der Toten als Tauschware am Straßenrand auf, dazwischen spielende Kinder, aufgehäuftes Gemüse. Über allem der Gestank des Todes. Bagger kratzen Erdreich von den Bergen, um die Massengräber damit zu füllen. Ein überladener Pick-up kommt uns mit überhöhter Geschwindigkeit entgegen. In einem Schlagloch schleudert er zur Fahrbahnmitte. Menschen fallen wie reife Früchte von der Ladefläche. Alles grölt vor Lachen.

Der Projektleiter hat einen Tisch in einem schönen, kolonialen Restaurant reserviert. Wir essen Flusskrebse und trinken kühlen Weißwein dazu. Surreal.

Am Airstrip warte ich auf eine Gelegenheit nach Nairobi zurückzufliegen. Es ist eine russische Antonov . Eingeklemmt zwischen Gepäck sitze ich auf einem Notsitz. Ein Steward trägt Tabletts mit Bier und Wodka nach oben ins Cockpit. Ich schließe die Augen, schlimmer kann es nicht werden. Auch die entsprechende Kamikaze-Landung bringt mich nicht aus der Ruhe.

Ich fühle nur Dankbarkeit, dass ich nicht in so ein Leben geboren wurde.

Ballonfahrt

Abschied von Kenia. Alle meine Freunde sitzen noch ein letztes Mal um das Lagerfeuer in meinem Garten. Vorfreude auf einen neuen Lebensabschnitt und ein Gefühl des Zweifels und der Trauer lösen einander ab. Ist es die richtige Entscheidung? Kann ich einfach so dieses wunderschöne Land abstreifen, 25 Jahre Afrika mit all seinen Erinnerungen? Wehmütig schaue ich in die Flammen.

Plötzlich steht eine Freundin aus dem Kreis auf und klopft an ihr Glas. Gerührt höre ich ihre Rede. Wie dankbar bin ich, solche Freunde zu haben! Zum Schluss stehen alle auf, klatschen und singen den Touristen Ohrwurm „Jambo, jambo Bwana". Wir tanzen um das Feuer herum, alle Zweifel fallen von mir ab. Ich fühle mich glücklich. Auf meinem Stuhl liegt ein Umschlag. Neugierig reiße ich ihn auf und halte einen Gutschein für eine Ballonfahrt in der Masai Mara in Händen! So oft habe ich damit geliebäugelt und es immer wieder aufgeschoben.

Wir planen ein gemeinsames Wochenende im August, um die jährliche Gnu-Wanderung einmal aus einer anderen Perspektive zu beobachten. Bevor wir in den Korb steigen, weist uns Kimani, unser Pilot, ein. Das Gas wird entzündet, es zischt laut, langsam richtet sich der Ballon auf, es gibt einen kleinen Ruck, und wir steigen langsam hoch. Rund um uns herum unendliche Weite, eine blaue Bergkette in der Ferne, über uns ein blitzblauer Himmel, an dem weiße Wolkenschiffe vorüberziehen. Kimani ist nicht nur ein guter Ballonfahrer, sondern auch ein brillanter Guide. Unter uns Herden von Gnus, Antilopen und Zebras, die Richtung Mara Fluss ziehen. Es erscheint selbstmörderisch, wie sich die Gnus in den Fluss werfen, um ihn zu überqueren. Krokodile bringen sich in Stellung, auf der anderen Seite lauern Raubkatzen. Geier sitzen in den Bäumen und warten auf ihren Moment.

Wir schweben tief über diesem Schauspiel, sind so ergriffen von der Naturgewalt, dass wir vergessen zu fotografieren. In der Ferne fahren drei Landrover, rote Staubwolken hinter sich her ziehend, Richtung Fluss. Sie bringen unser Frühstück, das für uns mitten in der Savanne aufgebaut wird. Langsam steigen wir wieder höher. Kimani lenkt uns Richtung Berge. Eine riesige Elefantenherde bewegt sich auf ein Waldstück zu. Wie im Garten Eden fühlen wir uns, so ganz im Frieden mit der Welt.

Langsam nähern wir uns unserem Picknick-platz. Tische sind aufgebaut, die Fahrzeuge werden entladen. Plötzlich greift Kimani zum Funkgerät: „Simba" verstehe ich, und jetzt sehen wir sie auch: Genau unter uns eine Löwen-gruppe, die aufmerksam das Geschehen verfolgt. Nur einen Steinwurf entfernt von unserem Treffpunkt! Perfekt getarnt im hohen gelben Gras, sind sie kaum zu entdecken. Jetzt wird es hektisch da unten, alles wird wieder in die Autos gepackt, weiter geht es zu einem sicheren Platz. Wir folgen den Staubwolken, landen etwas holprig, aber sicher im Gras und klettern aus dem Korb.

Sektfrühstück mitten in der Savanne klingt dekadent, ist aber unvergesslich schön!

ANDALUSISCHES

Windwunder

Der schnurgerade dunkle Wolkenstreifen kündigt ihn an: den von Surfern geliebten und von der lokalen Bevölkerung gefürchteten Levante, der in regelmäßigen Abständen die andalusische Atlantikküste heimsucht. Ein warmer Wind aus dem östlichen Mittelmeer kommend, Nordafrika streifend, sich seinen Weg durch die Meerenge bei Gibraltar bahnend, fegt er mit bis zu 140 Stundenkilometer über die herrlichen Sandstrände von Tarifa und Richtung Cadiz.

Für viele Menschen bringt er, ähnlich dem Föhn aus den Bayerischen Alpen, Kopfschmerzen und allgemeines Unwohlsein mit sich. Die Selbstmordrate steigt, und bei einer Gerichtsverhandlung wird mit einbezogen, wenn zur Tatzeit der Levante geblasen hat.

Der kolumbianische Literaturnobelpreisträger Gabriel Garcia Marquez hat den Levante sogar in seiner Kurzgeschichte „Tramontana" zum Thema gemacht. Er beschreibt darin die

Wirkung des Windes, der Menschen in den Wahnsinn treiben kann.

An einem solchen Tag war ich mit den Hunden am Strand unterwegs. Ein strahlend blauer Himmel spannte sich über den weiten weißen Strand. Trotz der Wellen nahm ich ein Bad in dem prickelnden, kühlen Atlantik. Die Hunde tollten im seichten Wasser und jagten die kleinen Strandläufer Vögel, die sich augescheucht jedes Mal in niedrigem Flug entfernten, um sich unweit wieder am Strand niederzulassen. Und wieder jagten die Hunde hinterher. Ein tolles Spiel!

Der Rückweg erwies sich als schwierig. Wir waren ziemlich weit gelaufen und mussten nun gegen den Wind zurück. Der Levante hatte ordentlich zugelegt und trieb den Sand vor sich her. Die feinen Sandkörner schmerzten an meinen Beinen und bereiteten den Hunden sichtliches Unbehagen. Ich hatte mein Strandtuch um den Kopf und halb über mein Gesicht geschlungen und kämpfte mich Schritt für Schritt vorwärts. Die Surfer und Kitesurfer kehrten aus dem Wasser zurück. Sonnenschirme trieben herrenlos an mir vorbei. Bald war kein Mensch mehr zu sehen. Die nächste Böe traf mich mit ungebremster Gewalt und riss mich fast von den Füßen. Ich bückte mich, um die Hunde festzuhalten. Mein Tuch wurde mir vom Kopf gerissen und segelte mit großer Geschwindigkeit davon. Keine Chance es einzuholen. Bedauernd sah ich es verschwinden, ich hatte es gerade erst auf einem Markt in Marokko gekauft und es zu meinem Lieblingstuch erkoren.

Der nächste Tag brachte Erleichterung. Der Wind hatte nachgelassen, nur eine Brise wehte. Wieder machte ich mich zu meinem täglichen Strandspaziergang auf. Unten am Meer war er noch zu spüren, der Levante. Kleine Sandteufel tanzten, und es war deutlich windiger. Etwas Sandfarbenes waberte auf mich zu, wurde noch einmal in die Luft gewirbelt und landete dann elegant neben mir in einem Busch. Wie ein Schleier ausgebreitet, die Silberfäden glitzerten in der Sonne, lag es vor mir: mein Strandtuch! Wo warst du, flüsterte ich in den weichen Stoff und vergrub mein Gesicht darin. Es roch nach Salz und Sonne und … Levante.

Ich möchte meine Lieblingsstiefel noch ein letztes Mal reparieren lassen. Fast zehn Jahre habe ich sie durch die relativ kurzen Winter Andalusiens getragen. Die Ledersohle hat sich gelöst. Wo finde ich jetzt in Tarifa einen Schuster?

Ratlose Mienen bei spanischen Freunden. Maria meint, schon mal einen in der Nähe der Tankstelle gesehen zu haben, Marta rät mir, die alten Treter in den Müll zu werfen. Nein, das kommt nicht infrage!

An der Tankstelle beginne ich. Schuster, also das gibt es nicht in Tarifa, ist die einhellige Antwort. Ich frage bei meinem Gemüsehändler, was ein langes Palaver zwischen allen Kunden und den Verkäuferinnen auslöst. Es gibt ihn. Aber wo genau? Erste oder zweite Straße rechts. Immer dem Geruch nach soll ich gehen, es stinkt nach Katzen, weil er alle füttert. Endlich erreicht meine Nase so etwas wie Raubiergeruch. Ein winziger Kiosk, rundherum belagert von Katzen aller Art. Der Mann winkt mich freundlich heran. Der unsägliche Gestank lässt mich an Flucht denken. Ich halte die Stiefel hoch und zeige auf die durchgelaufene Sohle.

Er schüttelt bedauernd den Kopf und grinst ein zahnloses Lachen. Nein. Er repariere nur Damenschuhe. Ich zeige auf mich und lächle ihn an. Er beugt sich hinunter und zieht ein Modell Stiletto hervor und deutet auf den winzigen Absatz. Das sind Damenschuhe!

Ich schlendere durch den alten Teil des schönen Ortes und steige die steile Treppe zum Rathaus hoch. Ratlose Gesichter. Die Sekretärin des Bürgermeisters weiß etwas. Erstmals fällt der Name des geheimnisvollen Schusters: Juan Cacao. Pepe, der Inhaber des Lebensmittelladens, wird genannt.

Dort muss ich mich erst durch mehrere Käsesorten essen und einen Fino trinken. Ja, natürlich kennt er Juan Cacao. Wenn ich die Straße Richtung Stadt nehmen würde, da sei es entweder die Nummer 21 oder 121.

Nr. 21 ist es nicht. Ich stehe vor der Nummer 121 und läute. Schlurfende Schritte. Durch den geöffneten Türspalt schaut mir ein mürrisches Frauengesicht entgegen. Natürlich! Siesta-Zeit! Vor Ostern könne ich gar nichts erwarten, der Meister hätte zu viel zu tun.

Mehrere Wochen nach Ostern bin ich wieder in der Gegend. Ich läute. Der Meister persönlich! Ich frage nach meinen Stiefeln. Welche Stiefel? Er verschwindet und kehrt mit einem Arm voller Stiefel zurück. Ich entdecke meine ganz unten und will sie herausziehen. Aber so geht das nicht, er muss erst wissen, was daran gemacht werden soll. Was Offensichtlicheres gibt es eigentlich nicht, da die Sohle nur noch halb am Schuh hängt. Natürlich sind sie nicht repariert, werde ich belehrt, denn wenn jeder einfach so seine Schuhe abgeben und nicht mehr abholen würde, da säße er auf diesen ganzen Galoschen fest. Ich schlage ihm vor, doch von den Kunden das Geld im Voraus zu kassieren. Die Idee gefällt ihm sichtlich, und er fordert umgehend dreißig Euro von mir ein.

Eines Tages waren sie dann wirklich fertig und ich laufe heute noch auf den Ledersohlen von Juan Cacao.

Kuschelecke

Das Haus ist so winzig, dass jedes Möbelstück wohlüberlegt platziert werden will. Ein
zusätzlicher Kuschelplatz vor dem Kaminofen
muss aber sein. Zumal man von dort auch noch
einen atemberaubenden Blick über den Atlantik bis hinüber nach Marokko hat. Die kleine
Stadt Tarifa liegt nachts wie eine funkelnde
Halskette da, als hätte eine Riesin diese achtlos
über die Hügel geworfen.

Ein deutscher Schreiner, den ich zufällig bei
der Post kennengelernt habe, macht sich ans
Werk, genau an diesem Platz bei der Terrassen-
tür eine maßgeschneiderte Kuschelecke zu bas-
teln. Ich möchte noch eine Rundung, um dem
Möbelstück die Strenge zu nehmen. Nach ein
paar Tagen ist das Meisterwerk fertig. Jetzt
fehlt nur noch die Matratze. In der Altstadt,
gleich durch den Torbogen rechts, da soll er
sein. Es ist elf Uhr morgens, der Laden ist geschlossen. Kein Schild zu sehen, auf dem stehen
könnte „Komme gleich wieder" oder so etwas.
Macht nichts, Tarifa hat viele Möglichkeiten,
sich die Zeit zu vertreiben. Der Markt ist gleich
nebenan, und leider auch meine Lieblingsbou-
tique. Jetzt noch schnell einen Kaffee, und

zurück geht es zum Polstergeschäft. Ich habe eine Schablone des Sitzmöbels angefertigt und mit dem Meister bespreche ich Füllung, Futter und Stoff. Wir einigen uns schnell. Er nennt mir ein Datum und schreibt meine Adresse auf.

Zwei Wochen nach dem vereinbarten Termin schaue ich mal in seinem Laden vorbei. An seinem Blick erkenne ich, dass er mich nirgends einordnen kann. Eine Schablone? Nein, so etwas hat er nicht. Ich deute auf meine Rolle, die neben anderen Rollen, einem Schirm, einem Spazierstock und einem umgekehrten Besen in einer Holzkiste steht. Die? Ach so, nein, dazu sei er noch nicht gekommen. Welcher Stoff sollte es denn sein? Ich erinnere ihn an sein Büchlein, in dem er alles notiert hatte. Gemeinsam blättern wir zurück, bis wir seinen Eintrag finden.

Also das ist einfach. Gleich nächste Woche wird er liefern. Ich bitte ihn, mich unbedingt vorher anzurufen, da ich auch mal unterwegs sein könnte. Kein Problem, die Telefonnummer wird nochmals notiert.

Inzwischen habe ich das Sitzmöbel mit einer normalen Matratze versehen und mittels einer bunten Decke und unzähligen Kissen in einen richtigen Hingucker verwandelt. Eigentlich brauche ich die angefertigte Auflage gar nicht mehr.

Ich mache mich auf den Weg ins Dorf. Bei dem Polsterer will ich auch vorbei. Vielleicht habe ich ja Glück, und er hat es wieder vergessen. Ein kleiner Lieferwagen kommt mir entgegen. Etwas Weißes, Hohes ragt über die Fahrerkabine. Ich bremse und sehe, wie das Fahrzeug an meinem Haus vorbeifährt. Mein innerer Schweinehund kommt zu Wort: Lass ihn doch, der findet dich nie! Meine gute Erziehung siegt. Ich warte bis er zurückkommt, winke und lasse ihn die Matratze ins Haus bringen.

Steinhart das Ding, die Rundung ist auch nicht berücksichtigt, scheußlich.

Ich schenke das gute Stück meiner erfreuten Vermieterin, die es als Hundekissen einsetzt.

Siesta

„Seprona" hier in Spanien ist der Guardia Civil untergeordnet, steht für „Servicio de Protección de la Naturaleza" und ist somit verantwortlich für den Schutz der Natur.

Auf einer meiner Wanderungen zusammen mit einer Freundin geschah es dann. Mit insgesamt acht Hunden liefen wir auf unserem Lieblingsweg am Fluss entlang. Die Hunde alle frei, die Nase am Boden, konnten ihren Ur-Hund so richtig ausleben. Hier gab es viel zu schnüffeln, jede Menge Wildtiere, auch mal ein stinkendes Überbleibsel Aas.

Von dem Schrei einer gequälten Kreatur aufgeschreckt, der eindeutig der Spezies Hund zuzuordnen war, machten wir uns an die mühsame Besteigung eines unwegsamen Berghanges vor uns. Auf allen vieren durch Gestrüpp und Dornen kletterten wir – langsam vorankommend, uns an Gräsern und Zweigen hochziehend – nach oben. Der Rest unserer Hunde zeigte uns den Weg. Da, vor uns hing mein Hund Bingo mit dem Vorderfuß in einer Schlingenfalle und versuchte, sich durch Ziehen davon zu befreien. Dies hatte natürlich zur

Folge, dass sich die Schlinge immer fester um seine Pfote zog. Alleine hätte ich es keinesfalls geschafft, ihn festzuhalten, um ihn am Ziehen zu hindern und gleichzeitig die Drahtschlinge vom Baum weiter oben zu lösen. Ich hielt den Hund fest, der, sowieso von Natur aus hysterisch, mich erst einmal in die Hand biss. Er war wie von Sinnen vor Angst. Erkennend, dass ich seine Retterin war, leckte er mir entschuldigend die Wunde. Meine Freundin löste die Drahtschlinge, die ich in meinen Rucksack stopfte. Wir fanden noch eine weitere, die wir ebenfalls unschädlich machten.

Meine Tierärztin riet mir, den Vorfall bei Seprona zu melden. Dies lief so ab:

Da Seprona der Guardia Civil angegliedert ist, versuchte ich es erst dort. Niemand nahm ab. Dann versuchte ich es bei der Policia Local. Niemand nahm ab. Jetzt probierte ich die Notfallnummer der Guardia Civil. Dort riet man mir, die 092 anzurufen, was die Notfallnummer der Policia Local ist. Niemand nahm ab.

Das gleiche Resultat bei der Notfallnummer der Policia Nacional. Die normale Rufnummer der Policia Local, die uns der freundliche Guardia Civil Polizist noch gegeben hatte, bescherte uns das gleiche Ergebnis: Niemand nahm ab. Nun wählte ich sämtliche Nummern nochmals durch, niemand nahm ab.

Bei der Information wusste niemand, was oder wer Seprona ist, nach mehrmaligem buchstabieren wurde aufgelegt. Endlich nahm bei 062 (Guardia Civil) jemand ab und fragte nach dem Problem. Nach längerem Diskutieren im Hintergrund, wahrscheinlich mit dem Kollegen, bekam ich zwei Telefonnummern genannt – aber bitte nicht jetzt, nur vormittags. Sofort war mir auch klar, warum niemand abgenommen hatte – es war Siesta Zeit! So sehr ich meine andalusische Wahlheimat liebe, manche Dinge nerven wirklich.

Bleibt nur zu hoffen, dass man da nicht während der heiligen Ruhepause einmal einen wirklichen Notfall hat. Die einzige Lösung: Nicht bewegen und selbst Siesta halten!

Strandgedanken

Die Herbstsonne zaubert Kringel in Form der Ziergitter auf die weißen Vorhänge. Die leichte Brise lässt die Vorhänge ins Zimmer wehen. Der Wind wird kühler, die Nächte und der frühe Morgen sind frisch. Erstmalig nach dem langen Sommer ziehe ich eine Jacke über, bevor ich mich auf den Weg zu einem Hundespaziergang mache.

Zu dieser Zeit ist der Strand noch fast leer, nur ein einsamer Jogger verschmilzt am Horizont mit dem Dunst.

Ich bin sozusagen „heimatlos". Seit Mitte Juli bin ich, nachdem das Haus, in dem ich wohnte, verkauft wurde, mit meinem alten Wohnmobil unterwegs. Mein Hausrat ist eingelagert, ich reise nur mit dem notwendigsten. Die beiden Hunde sind bei mir und genießen sichtlich die ständige Nähe zu mir. Im Augenblick bin ich bei einer Freundin, bei der ich unbegrenzt bleiben könnte, was sie mir großzügiger Weise angeboten hat. Aber irgendwann werde ich weiterziehen, ganz für mich alleine.

Seit 1999 lebe ich in Andalusien und habe nun Gelegenheit, all die Schönheiten dieser Provinz kennenzulernen. Es zieht mich jedoch immer zuerst an den Atlantik. Wenn ich über die Bergkuppe komme und sehe Tarifa im Dunst liegen, gleich dahinter den marokkanischen Berg Jbel Musa, wenn ich die Schiffe in der Straße von Gibraltar sehe, wie sie sich mit mir unbekanntem Ziel aufs offene Meer hinaus bewegen, dann wird mir ganz froh und friedlich ums Herz.

So auch heute auf diesem Spaziergang. Ich lasse mich in den erfrischenden Wellen treiben, die sich wie Champagner auf meiner Haut anfühlen und mich beleben. Meine Gedanken fließen und verschwinden am Horizont. Was habe ich gedacht? Ich weiß es nicht mehr.

In diesen Tagen lasse ich alles seinen Weg gehen, es wird eine Lösung kommen. Ich bin kein Permanent-Nomade, irgendwann möchte ich wieder ein Dach über dem Kopf haben. Ein kleines Haus mit Garten und irgendeinem Wasser in der Nähe, nicht zu weit weg von meinem letzten Wohnsitz, das ist mein Traum. Ich träume ihn, aber lasse ihn gleichzeitig los.

Auf dem Rückweg hat der Wind aufgefrischt und treibt mich voran. Soll ich mich weiterhin treiben lassen und damit alte Muster über Bord werfen? Was erwartet mich auf meiner Reise im Winter, der nicht mit den nördlichen

Wintertagen zu vergleichen ist, aber trotzdem viel Regen und ungemütliche Tage bringen kann? Wird es mir dann immer noch in meinem Wohnmobil gefallen?

Ein Mann kommt mir entgegen und erkämpft sich seinen Weg gegen den Wind. Als wir fast auf gleicher Höhe sind, wird sein Hut von einer Böe ergriffen und über den Strand getrieben. Mein Hund rennt hinterher und kommt stolz mit der Trophäe zurück. Wir lachen und beschließen, in der nahen Strandbar einen Drink zu nehmen. Er ist ebenfalls mit dem Wohnmobil unterwegs, und aus dem einen Drink wird ein zweiter. Ich genieße das Gefühl der Freiheit.

Wir trennen uns als Freunde, tauschen Telefonnummern, und wer weiß, vielleicht kreuzen sich unsere Wege einmal wieder.

Regen

Dunkle Wolkenberge, fernes Donnergrollen, auffrischender Wind. Endlich ist er da, der erhoffte und ersehnte Regen!

Auch hier in Andalusien bangen die Bauern und beten, dass die Regenzeit nicht ausfällt. Längst sind die Flussbette trocken, und nur die Bäume ernähren sich noch aus ihrem tiefen Wasserreservoir. Das Vieh steht lustlos auf der Weide und versucht an den trockenen Gräsern Geschmack zu finden. Wenn dann aber der erste Regen nach dem Sommer sich endlich über das ausgedörrte Land ergießt, dann ist es wie ein zweiter Frühling, alles blüht noch einmal auf, und die Luft ist frisch und rein. Die Hitze packt ihren Koffer und verschwindet bis Mai-Juni.

Das erinnert mich sehr an meine Zeit in Kenia. Auch dort gibt es Trocken- und Regenzeiten, die entweder bescheiden oder im Überfluss ausfallen. Schön zu beobachten, wie die Wildtiere stocksteif in den herabstürzenden Fluten stehen, befreit von Hitze und Staub.

Merkwürdig, wie der Mensch diese Jahreswechsel verinnerlicht hat. Bei Anfang der Regenzeit hat man plötzlich Appetit auf Suppe,

Teebeutel werden herausgekramt, und ein heißes Getränk abends ersetzt den Gin & Tonic mit Eis. Bei mir geht der Wetterwechsel immer mit kalten Füßen und Händen einher. Nachts brauche ich eine warme Zudecke, denn durch das geöffnete Fenster dringt bereits kühle Luft ins Zimmer.

Heute freue ich mich über den Regentag und erinnere mich an das wohlige Gefühl während der Nacht, als die dicken Wassertropfen auf das Dach prasselten. Archaisch, geradezu, ein Höhlenüberbleibsel. Fehlt nur noch das Feuer. Das wird bald ein Thema sein, der Kamin ist schon vorbereitet. Ich komme ins Schwärmen, ach wie mir doch der Regen gefehlt hat, wie schön und gemütlich das ist, wie sich die Natur freut. Tatsächlich liegt bereits ein zarter grüner Schimmer auf den Feldern, winzige lila Krokusse haben sich über Nacht durch das trockene Gestein gezwängt. In den Pfützen baden Scharen von Vögeln, die sich anschließend auf den Stromdrähten versammeln, um lautstark die Strecke nach Süden zu bezwitschern. Milde, sanfte Luft jetzt während der Regenpause. Ich atme tief ein. Herrlich!

Ich trete hinaus und mein Blick bleibt an meinem Auto hängen. Die längst überfällige

Autowäsche scheint erledigt zu sein. Sauber und glänzend steht es da. Selbst die Scheiben sind wieder durchsichtig. Toll! Oder was? Nein, das darf doch nicht wahr sein! Ich hatte gestern alle Scheiben heruntergedreht, als ich das Auto von innen säuberte. Das Wasser steht innen mehrere Zentimeter hoch, die Sitzkissen sind durchgeweicht. Meine Laune sinkt im Bruchteil von Sekunden von einer Million auf null.

Elender Regen! Ich schimpfe vor mich hin, verfluche, was mir eben noch wunderschön erschien.

Der Himmel reißt auf, die Sonne erkämpft sich einige Minuten Präsenz. Ein Regenbogen spannt sich vor mir und findet sein Ende im nahen Wäldchen. Versöhnt lächelnd drehe ich die Scheiben hoch und mache mich an die Arbeit.

Haarklein

Dichte Nebelschwaden wabern vorbei wie fliehende Gespenster. Ein kurzes Sonnenfenster eröffnet mir den Blick auf das weiße Dorf, das sich malerisch über den Hügel ergießt. Es ist ein eiskalter Morgen in Andalusien.

Ich bin spät dran zu meinem Friseurtermin im Städtchen, verfahre mich noch gründlich und erreiche abgehetzt den kleinen Salon in der Altstadt. Wenn ich mich auf einen gemütlichen Wellness-Aufenthalt gefreut habe, werde ich sofort auf den Boden der Tatsachen geholt. Eiseskälte schlägt mir entgegen. Strafend macht mich die Chefin darauf aufmerksam, dass ich eine halbe Stunde zu spät dran bin. Ich murmele eine Entschuldigung, wobei sie bereits grob meine Haare durchkämmt und sich nach meinen Wünschen erkundigt. Während sie die Farbe aufträgt, betreten mehrere Frauen nach und nach den Laden. „Que frio!", ist der allgemeine Aufschrei des Entsetzens. Dann folgt ein gleichzeitiges lautstarkes Palaver über Nachbarn, Corona, Todesfälle, Geburten und sonstige wichtige Tagesthemen. Dazu läuft auf voller Lautstärke das Morgenprogramm im Fernsehen, in dem ebenfalls alle gleichzeitig reden. Das Telefon mit dem Klingelton eines Hahns, der seinen Harem beschützen muss und unaufhörlich kräht, ist ebenfalls auf volle Lautstärke gestellt.

Inzwischen ist die Friseurin mit dem Einpinseln der Farbe fertig. Mein Körper ist durch und durch kalt, mein Kopf eine Eiskugel. Ich sitze direkt neben der Tür, die immer wieder aufgeht, um neue Klatschbasen einzulassen. „Que frio" wird zur Tagesparole. Ich bitte um ein Handtuch, um meinen Kopf vor der Kälte zu schützen, da nimmt sie die Fernbedienung und macht die Klimaanlage an. Warum jetzt erst, frage ich mich. Die Haarwäsche gleicht einer Behandlung durch einen Sumo-Ringer. Wenigstens ist mein Kopf jetzt warm.

Ich nehme meinen Platz wieder ein. Wieder geht die Tür auf, ein eisiger Luftzug weht über meinen nassen Kopf. Ein Kinderwagen wird hineingeschoben und sofort verwandelt sich das „Que frio" in ein „Que guapo"! Alles kreischt durcheinander, der arme Wurm wird aus dem Wagen gerissen, vier Gesichter schreien auf ihn ein, wie hübsch er ist, er wird abgeküsst und geschaukelt und gekitzelt, bis er durchdringend um Hilfe kreischt und von

Mama an die Brust gelegt wird. Die Friseurin steht mit erhobener Schere hinter mir, und jeder schreit gleichzeitig seine Erfahrungen mit den eigenen Kindern ins Nichts. Ich bange um meine Frisur. Wie überrascht bin ich, als ich nach dem Föhnen in den Spiegel schaue. Die Friseurin freut sich über meine Reaktion, und ich verspreche, wiederzukommen.

Noch schnell zum Supermarkt. Ich schiebe meinen vollen Einkaufswagen zum Auto. Ein Mann verwickelt mich in ein Gespräch, will mir einen kaputten Einkaufswagen für 30 Cent verkaufen. Ich biete ihm dagegen an, meinen zurückzunehmen und den Euro zu behalten. So ein Geschäft lässt er sich nicht entgehen! Glücklich winkt er mir hinterher.

Wie ich sie liebe, meine Andalusier!

Ich liebe die Stille. Stundenlang kann ich sie genießen, dieses unsichtbare Nichts, höchstens unterbrochen von Vogelgezwitscher oder gleichmäßigem Wellenrauschen. In dem warmen Sand der Düne versteckt, lasse ich die andalusische Frühlingssonne in mich eindringen.

Ich sinniere über den Begriff Stille. Es gibt eine angenehme Art, die wegen der Abwesenheit störender Geräusche beruhigend wirkt. In Bibliotheken, Kirchen, beim Meditieren, bei konzentrierter Arbeit. Das menschliche Gehirn braucht manchmal diese Stille für intensive Denkprozesse. Auch für den Schlaf ist eine ständige Geräuschkulisse störend, und man wacht unausgeruht auf.

Wer einmal in der Wüste war und die absolute Stille erlebt hat, ohne auch nur die geringsten Geräusche wahrzunehmen, weiß, dass dies mit der Zeit Unruhe hervorruft. Als Folter eingesetzt, führt diese Abwesenheit jeglicher Geräusche mit der Zeit zu Halluzinationen und Denkstörungen.

In „aller Stille" nimmt man Abschied von seinen Lieben. „Totenstille" oder „Grabesstille" ist in unseren Wortschatz eingegangen.

Die Sehnsucht nach Stille hat über die Jahrhunderte Dichter und Poeten beschäftigt. Von Goethes „Über allen Gipfeln ist Ruh" bis zu Eva Strittmatters Gedicht: „Ich mach ein Lied aus Stille", von Eichendorff, Hebbel und Storm werden die Meeresstille, Windstille, Winterstille, Mittags- und Abendstille gepriesen. Auch in anderen Kulturen ist die Stille ein Thema. Nicht so sehr in Andalusien, wo man völlig schmerzbefreit mit dem Begriff Lärm umgeht. Als ich der spanischen Sprache noch nicht mächtig war, dachte ich immer, jeder schreit hier jeden an. Aber das ist eine normale Unterhaltung.

Meine Gedanken plätschern dahin, wie die müden Wellen, die sich an diesem windstillen Tag ans Ufer schleppen. Ich schließe die Augen und dämmere in einen angenehmen Halbschlaf hinüber, während ich Begriffe des Lärms aufzähle, um mich an der Stille zu erfreuen.

Brausen, knattern, dröhnen, gellen, heulen, klappern, scheppern, tosen, Rabatz, Radau. Rattern ist das Letzte, was ich denke, bevor der Albtraum wahr wird.

Eine Horde Jugendlicher auf Quads erfüllt alle aufgezählten Lärm Begriffe plus ohrenbetäubender Musik, die aus einem Rucksack dröhnt. Knatternd brausen sie den Strand entlang. Entspannt lehne ich mich wieder zurück. Zu früh gefreut, sie kommen zurück und bauen unweit von mir ihr Lager auf. Warum hier? Der Strand ist menschenleer!

Ein Grill wird ausgepackt, die Musik wird lauter gestellt, alle scheinen gleichzeitig zu reden, einer checkt seinen Quad und dreht es voll auf. Stinkender Rauch vermischt sich mit dem des Grills. Die Mädchen schnattern lautstark und posieren vor den jungen Machos, die ihrerseits ihre Muskeln spielen lassen und Flickflacks vorführen. Kühlboxen werden geöffnet, Bierflaschen machen die Runde. Der Lärmpegel wächst.

Ich packe grinsend meine Sachen, ziehe ein paar Dünen weiter und genieße weiter meine Stille.

Buchstaben purzeln in meinem Kopf herum, versuchen Wörter oder Sätze zu bilden, wirbeln von links nach rechts. Ich versuche sie zu bändigen, festzuhalten, vergebens. Ich sitze an meinem Schreibtisch. Gerade war sie noch da, die Idee, schon verabschiedet sie sich, verzieht sich in den hintersten Winkel meines Gehirns. Da sitzt sie fest und hinterlässt ein schwammiges Gefühl in meinem Kopf. Nein, es klappt nicht. Die andalusische Hitze lastet unbarmherzig wie ein Gewicht auf mir, wickelt mich ein, lässt mich nach einer Siesta sehnen. Oder nach schäumenden eiskalten Wellen, oder einem Eiskaffee im kühlen Schatten. Ich beschließe mit Letzterem zu beginnen, dann in den nicht so ganz eiskalten Pool zu springen und mich danach hinzulegen. So schleppt sich der Tag dahin. Das Thermometer klettert auf über 40 Grad, dazu absolute Windstille.

Dann plötzlich ein Aufatmen. Eine Brise weht ums Haus, eine Tür schlägt zu. In Erwartung der nahen Erfrischung gehe ich nach draußen. Eine unangenehme Überraschung: Es ist Poniente, der Westwind, der das Hinterland mit heißer Luft versengt, die sofort die

Assoziation eines auf höchster Stufe eingestellten, offenen Backofens auslöst. Also stehe ich da und überlege, was ich mit diesem Tag anfangen soll. Am besten ins kühle Haus zurück und aufs Bett legen. Deckenventilator an, die Wasserflasche daneben, ich überlege kurz, ob ich mich einem Buch widmen soll, und schon bin ich eingeschlafen.

Ich träume mal wieder von Afrika. Auch in meinem Traum ist es drückend heiß. Von meinem Platz unter einer Schatten spendenden Schirmakazie beobachte ich die Tiere am Wasserloch. Der Wunsch nach Kühlung ist so stark, dass ich aufstehe und mich zu den Tieren geselle, die durstig trinken. Sie laufen nicht weg, halten nur kurz inne, schauen mich mit ihren wunderschönen Augen an und senken wieder ihre Köpfe. Langsam wate ich in das kühle Wasser. Meine Füße wirbeln Sand auf, ich lasse mich fallen, schaue in den tiefblauen Himmel über mir. Eine Wolke hat die Form eines männlichen Löwen. Der Wind zerfranst das Bild. Ich treibe dahin und gehe irgendwo an Land. Wieder döse ich unter einem Baum, werde wach, weil mich etwas an den Füßen kitzelt. Es ist der

Wolkenlöwe, der mit seiner rauen Zunge meine Fußsohlen leckt. Ich schrecke hoch.

Nicht der Löwe, sondern mein Hund beschäftigt sich mit meinen Füßen und signalisiert mir, dass er sich langweilt. Noch in meinem Traum gefangen, laufe ich mit ihm zum Pool, und wir genießen beide die Abkühlung. Ich liege auf dem Rücken und schaue in den Himmel. Kein Löwe mehr zu sehen.

Endlich verschwindet die Sonne hinter dem Berg. Die Nacht bringt Erlösung: Der Wind hat gedreht, bläst kühl und erfrischend ins Zimmer. Streichelnd bringt er mich fast zum Frösteln, und ich ziehe die Decke über meine nackten Schultern. Ein Frosch quakt, ein Hahn setzt zum Schrei an, bricht ab, er hat sich in der Zeit geirrt. In der Ferne höre ich noch die Glöckchen der Schafe, dann tauche ich wieder in meine Traumwelt ein.

Ich bin ein Frühlingstyp, wurde mir gesagt. Bis dahin hatte ich mich noch nicht damit beschäftigt, dass der Mensch in Jahreszeiten kategorisiert wird. Aber wenn ich das jetzt nachlese, stimmt es. Ich bin es. Wenn ich Kleider aussuche, greife ich automatisch nach den für mich bestimmten Farben. Niemals würde ich kräftige, leuchtende Rottöne, oder ein intensives Lila wählen, oder gar Marineblau. Warme, zarte Töne müssen es sein, die meinem Typ schmeicheln.

Aber auch sonst liebe ich den Frühling. Selbst bei uns in Andalusien fegen die Stürme winterlich über das Land, bringen Regen und manchmal auch Schnee. Aber letztlich sind es Frühjahrstemperaturen, die von November bis April herrschen. Bäume und Sträucher bleiben, mit wenigen Ausnahmen, das ganze Jahr über grün, immer stehen irgendwelche Büsche und Bäume in Blüte und die Sonne scheint dreihundert Tage im Jahr. Trotzdem erlebt man den Frühling auch hier. Wenn dann der lang erwartete Regen endlich eintrifft, nachdem ihn die Wetter-APP wochenlang erfolglos angekündigt hat, dann atmet die Natur auf. Die Berghänge zeigen sich farbenprächtig und man meint das Frühlingserwachen zu riechen. Die Mandelbäume beginnen bereits im Januar zu blühen.

Mit dem Hund laufe ich am Meer entlang. Selbst die sich ewig brechenden Wellen riechen nach Frühling, frisch und kühl werfen sie sich an den Strand, Champagnerschaum kriecht ans Land und versinkt blubbernd im Sand. In einem Strandcafé esse ich mein erstes Eis der Saison. Ich schließe genüsslich die Augen und lasse mich von der Sonne umschmeicheln.

Merkwürdigerweise geht der Frühlingsanfang bei mir auch immer einher mit dem Drang, Haus und Garten in Ordnung zu bringen. Der Frühjahrsputz bringt mir Freude, muss ich zugeben. Ein jährlicher Neubeginn. Die Holzmöbel draußen brauchen einen neuen Anstrich, um später der sengenden Sommersonne zu trotzen, Kräuter und Salat werden gepflanzt, das Haus innen kann auch mal so richtig sauber gemacht werden, Teppiche raus, Decken und Kissen werden gelüftet, der Grill wird vorbereitet, der Pool gesaugt. Das Auto bleibt auch nicht verschont.

Und das alles mit Frühlingsliedern meiner Schulzeit untermalt. Ich krame in meiner

Hirnschublade und finde da noch so einiges. Fröhlich trällere ich „Alle Vöglein sind schon da", oder „Im Märzen der Bauer", gefolgt von „Es tönen die Lieder", die Texte kommen wie von selbst.

Wenn das Frühlingsabendrot kommt, schreite ich mit Frühlingsanmut und einem Frühlingsleuchten im Gesicht ins Haus, atme den frischen, sauberen Frühlingsduft ein, ziehe in meiner Frühlingsfreude ein zartfarbenes Frühlingskleid aus dem Schrank, schreite mit einem Frühlingslächeln durch den Garten, ordne einen Frühlingsstrauß in eine Vase und bewundere meine Frühlingsdekoration und spüre, während ich mir einen Frühlingssalat zubereite, eine leichte Frühjahrsmüdigkeit in den Gliedern, die sich in der lauen Frühlings- nacht bald in einen Frühlingstraum umwan- delt.

TRÄUMERISCHES

Löwenstark

Die Sandmulde am Hang passt sich genau meinem Körper an. Der Rücken schmiegt sich in die Kuhle. Die Arme habe ich unter dem Kopf verschränkt, die Augen genüsslich geschlossen. Eine sanfte Brise streichelt meinen Körper. Ich öffne die Augen und beobachte die unzähligen weißen Wolken Schiffchen, die über den Himmel ziehen. Ich versuche, Figuren in den Wolkenbergen zu erkennen. Ein Drache, eben noch feuerspeiend, der sich auflöst und in eine lächelnde Schildkröte verwandelt, bis ich ein Gesicht zu sehen vermeine, das sich jedoch sofort wieder weiter verformt.

Ich löse meinen Blick vom tiefblauen Himmel und schaue hinunter in die Ebene. Eine nicht enden wollende Gnuherde zieht von Süden heran. Wie eine Ameisenstraße wälzt sich der endlose Zug durch die weite Landschaft über die fernen grünen Berge. Der Fluss ist das Ziel.

Es scheint, als ob alle Tiere Afrikas sich plötzlich in der Ebene tummeln.

Ich denke: Ich bin im Paradies und ich bin ein Teil davon. Ein großer Friede überkommt mich. Gebannt beobachte ich das Schauspiel, wie tausende von Tieren sich an der Wasserstelle tummeln, sich jedoch, nachdem sie ihren Durst gestillt haben, nicht weiter bewegen. Sie warten auf etwas, denke ich.

Gerade als ich aufstehen will, zieht ein scharfer Wildgeruch an meiner Nase vorbei. Ohne mich umzudrehen, weiß ich, was mich erwartet. Meinem ersten Impuls wegzulaufen, widerstehe ich und kuschele mich in meine Mulde zurück. Der Geruch ist jetzt ganz nah und ich fühle, mehr als ich ihn sehe, einen dunklen Schatten rechts von mir. Ein gigantischer Schwarzmähnenlöwe läuft langsam, majestätisch, ohne mich eines Blickes zu würdigen, an mir vorüber. Er ist so nah, dass ich sein vernarbtes, sandfarbenes Fell sehen kann. Der Wind plustert seine schwarze Mähne auf, sein Schwanz mit der schwarzen Quaste schlägt aufgeregt von links nach rechts. Ich verspüre nicht die geringste Angst, sondern habe nur

Bewunderung für dieses faszinierende, wunderschöne Lebewesen.

Als er stehen bleibt und sein Blick über die Ebene schweift, strecke ich vorsichtig meine Hand aus und berühre seine Flanke. Das Tier fühlt sich warm und weich an. Ich hätte ihn gerne länger gestreichelt, aber er setzt, königlich schreitend, seiner Wirkung bewusst, seinen Weg ins Tal fort. Ich will ihn nicht so ziehen lassen, stehe auf und folge ihm langsam, bis ich an seiner Seite bin. Meine Hände greifen in seine Mähne und ich schwinge mein Bein über seinen Rücken. Vorsichtig lasse sie mich auf ihm nieder. Der Löwe zeigt keine Regung und setzt seine Wanderung fort. Mein Herz jubelt und ich fühle mich frei und glücklich wie noch nie in meinem Leben. Meine Hände streicheln und liebkosen ihn, ich schließe die Augen, werfe den Kopf in den Nacken und stoße einen wilden Schrei aus.

Mit einem Lächeln auf den Lippen erwache ich, meinen eigenen Urschrei noch in den Ohren. Ich versuche weiter zu träumen, das Gefühl der Freiheit und des Glücks noch einmal zu erleben. In diesem Augenblick klingelt der Wecker und der Zauber ist vorbei.

Rot

Ich fahre und sinniere über die Farbe Rot. Ich erinnere mich an die Lektion im ersten Schulbuch meiner Tochter, „Tut, tut, tut, ein rotes Auto kommt" oder ihr spanisches Kinderbuch El coche rojo. Irgendwann verschwanden die roten und machten Platz für coole, elegante Farben wie Silbergrau, Beigemetallic, Schwarz oder Weiß.

Noch mehrere Stunden Fahrt liegen vor mir. Ich habe kein Ziel, möchte aber vor Einbruch der Dunkelheit einen schönen Stellplatz für mein Wohnmobil gefunden haben. Müdigkeit kriecht in mich hinein, umhüllt mich, an meinen Augenlidern scheinen Bleigewichte zu hängen.

Ich beginne alle roten Autos zu zählen, nach Automarken zu sortieren, Herkunftsorte zu erhaschen. Warum beschäftigt mich das so? Und wieder eines im Rückspiegel, ein Audi, gefolgt von einem Peugeot. Von vorne ein roter VW Bus, im rechten Spiegel nähert sich ein rotes Cabriolet. Ich sehe im wahrsten Sinne des Wortes rot. Ich versuche, nicht daran zu denken, schalte das Radio an, Chris de Burgh singt „Lady in Red". Drehe ich jetzt durch? „Für mich soll's rote Rosen regnen", summe ich vor mich hin. Ich denke über die Farbe Rot nach und suche Begriffe wie Kirschrot, Blutrot, Erdbeerrot, Rotkohl, Rosenrot, Scharlachrot, Karmesinrot, Rotkehlchen. Rot, die Farbe der Liebe, Leidenschaft, aber auch Energie, Wärme. Mehr und mehr rote Autos rasen an mir vorbei in alle Richtungen, sie verfolgen mich. Panik erfasst mich, ich gebe Gas, um ihnen zu entfliehen. Sie lassen sich nicht abschütteln, jetzt gibt es keine andersfarbigen Autos mehr, nur rot, alles rot.

Ein roter Porsche braust mit hoher Geschwindigkeit an mir vorbei und verschwindet am Horizont der Autobahn. Ein Schild taucht auf, noch fünfzehn km bis zur nächsten Tankstelle, das schaffe ich.

Ich sehe die Rauchwolke von Weitem, ein Stau entsteht, Polizei mit Blaulicht und Ambulanzfahrzeuge fahren vorbei. Ein rotes Feuerwehrauto mit heulender Sirene versucht, sich einen Weg an der roten Autoschlange vorbei zu bahnen. Mir fallen die Augen zu. Irgendwann geht es weiter. Kurz vor der Tankstelle liegt der rote Porsche fast ausgebrannt auf dem Dach. Das Ambulanzfahrzeug und die Polizei sind fort. Ein rotes Käppi liegt am Straßenrand. Rotes Blut überall, alles rot.

Ich schreie und fahre mit klopfendem Herzen aus meinem Traum hoch. Die roten Autos, der Unfall, wo bin ich? Es ist dunkel. Ich stehe mit meinem Wohnmobil auf dem Parkplatz einer Tankstelle und liege auf meinem Bett. Traum und Wirklichkeit vermischen sich. Mit zitternden Knien stehe ich am Herd und koche Tee. Die Traumbilder sind noch so präsent, dass ich mich nur langsam beruhige.

Ein rotes Auto im Traum symbolisiert Glück und Erfolg, aber auch den Rausch der Freiheit, als Symbol der Unabhängigkeit und Energie, lese ich kurz darauf bei einer Tasse Tee auf Google.

Ich verbanne die schwarze Wolke aus meinem Kopf, lege mich wieder hin und spinne den Traum der Freiheit weiter.

Irgendetwas hat mich geweckt. Schade eigentlich, denn der Anfang eines Traumes hinterlässt ein positives Gefühl in mir. Letzte Erinnerungen daran ziehen sich zurück, entfliehen auf Nimmerwiedersehen. Ein Nachtvogel schreit seine Freude oder Verärgerung hinaus in die Dunkelheit. Ich schlafe wieder ein. Der Traum kommt zurück. Teile daraus setzen sich wie ein Puzzle zusammen.

Ich weiß, dass ich eine Mission habe und sehe mich ein dickes Buch durchblättern.Wieder wache ich auf. Ein aufkommender Wind fegt um die Hausecke, bringt die Markise zum Flattern, etwas fällt um, eine Tür schlägt. Jetzt bin ich hellwach. Ich drehe mich auf die andere Seite und versuche das Geträumte nicht zu vergessen. Ich möchte wissen, was mein Unterbewusstsein so hervorbringt und atme mich meditativ in den Schlaf.

Genervt wache ich zum dritten Mal auf. Ich habe vergessen mein Handy auszustellen. Ping! Eine neue Nachricht. Jetzt bin ich doch neugierig, wer da um drei Uhr morgens sich mir mitteilen möchte. Eine Sprachnachricht von meinen kleinen Enkeln in den USA. Ich höre gerührt ab, wie sie mir erzählen, wie sie mich vermissen und lieben. Traurig denke ich daran, wie lange es noch dauern wird, bis ich sie wiedersehe. Regen trommelt auf das Vordach, der Wind hat sich in einen Sturm verwandelt. Ich überlege aufzustehen und mir einen Tee zu machen. Ist es die Neugierde auf die Fortsetzung des Traums? Müdigkeit lässt meine Lider schwer werden. Ich schwebe zurück in die Traumwelt.

Ich wachse und wachse, habe bald Haushöhe erreicht, dann Kirchturmhöhe. Und noch höher hinauf wachse ich, die Menschen unten werden kleiner und kleiner, die Häuser, die Städte, jetzt sehe ich die Erde unter mir. Mein Körper strahlt metallisch abwechselnd in Rot, Grün, Blau und Gold. Ich bin so groß, dass ich in Riesenschritten über die Kontinente laufen kann, von Land zu Land, von Insel zu Insel. Ich höre, wie die Menschen mir zujubeln, wenn mein Fuß ihr Land berührt. Beschwingt von meiner erfolgreichen Mission setze ich meinen Weg fort. Bald erstrahlt die ganze Welt in meinen Farben. Alle Menschen sind glücklich und froh vereint. Sie lachen und tanzen und winken zu mir hinauf. Kein Krieg, keine Unstimmigkeiten – nichts Böses zerstört die von mir geschaffene Harmonie. Meine Mission ist erfolgreich. Ich hebe ab und fliege hinein ins Universum, bis ich mich selbst nicht mehr sehe.

Mit einem Glücksgefühl wache ich auf. Dieses Mal macht sich der Traum nicht auf leisen Sohlen davon. An jede Kleinigkeit erinnere ich mich. Ich fühle mich als Friedensengel, als Botin der Weltharmonie.

Mit einer Tasse Tee sitze ich im Bett und lese die Nachrichten: Russland fliegt Drohnenangriffe – Gezielte Tötung beim Einmarsch in die Ukraine – Erneute Hinrichtung im Iran – Geplanter Reichsbürger Putsch –Wie Erdogan seinen Rivalen aus dem Weg räumen will.

Ich habe versagt. Nichts mit Frieden und Weltharmonie. Nichts wird sich ändern. Nichts.

Aus der Traum. Schade. Wäre zu schön gewesen.

Schlüsselerlebnis

Schon seit Stunden suche ich meinen Schlüssel. Aber eigentlich brauche ich ihn gar nicht, weil das ja gar nicht mein Haus ist, aber ich suche wie verrückt danach. Ich kann nicht weg ohne den Schlüssel, den ich plötzlich in der Hand halte. „Kommt!", rufe ich meinen Freunden zu, die schon ungeduldig warten. Wir steigen in einen ziemlich klapprigen, offenen Wagen und rollen langsam den Berg hinunter. Immer noch halte ich den Schlüssel in der Hand und mir fällt ein, dass ich vergessen habe, abzuschließen. „Wir müssen nochmal zurück", schreie ich gegen den Motorlärm und Fahrtwind an.

Keiner hört mich, alle plappern und lachen und beachten mich nicht. Die Namen meiner Freunde habe ich vergessen und schaue sie mir näher an. Mein Herz macht einen Satz. Ich kenne diese Leute gar nicht. Ich muss das Auto verwechselt haben. Ich versuche mich bemerkbar zu machen, aber es klappt nicht, keiner dreht sich nach mir um, als ob ich nicht vorhanden wäre. Ich beschließe, aus dem Auto zu springen, wenn es langsam fahren würde, klettere den Sitz hoch und warte auf eine Gelegenheit. Jetzt kommt eine Kurve, das Fahrzeug verliert an Geschwindigkeit und ich springe. Ich lande mit einem Purzelbaum am Straßenrand, reibe mir den Kopf, den ich mir angestoßen habe. Mein einziger Gedanke ist, dass ich zurück muss, um das Haus abzuschließen. Doch wo ist der Schlüssel? Meine Kleidung hat keine Taschen und ich habe auch keine Handtasche dabei. Der Schlüssel muss mir beim Sprung aus der Hand gefallen sein. Ich durchforste den Straßengraben, die umliegende Waldlichtung, sogar die andere Straßenseite.

Nichts. Was mache ich jetzt nur?

Die einzige Lösung ist den Weg, den wir gekommen sind zurückzulaufen und zu versuchen, meine Freunde zu finden. Es beginnt zu regnen. Ein Gewitter zieht auf. Unter einen Baum soll man sich nicht stellen, fällt mir ein, auf der Straße zu laufen ist auch nicht richtig. Die Blitze zucken furchterregend, der Donner folgt unmittelbar. Zitternd vor Kälte und Angst kauere ich mich in den Straßengraben. Plötzlich bin ich vor dem Haus. Meine Freunde stehen davor und der Schlüssel steckt in der Tür. „Wo warst du denn? Du warst plötzlich weg!" Ich weiß nicht, wo ich war, bin nur froh, dass sich das Problem gelöst hat. „Wartet, ich hole nur eben meine Jacke", sage ich, drehe den Schlüssel um und trete ein. Das ist nicht mein Haus, aber das wusste ich ja. Jedoch hängen meine Sachen im Schrank und auch die Einrichtung kommt mir bekannt vor. Egal, jetzt fahren wir erst mal los. Als ich rauskomme, sind meine Freunde weg.

Niemand zu sehen, auch das Auto ist nicht mehr da. Ich suche mein Handy, das muss im Haus sein. Die Türklinke lässt sich nicht runterdrücken, auch der Schlüssel ist wieder verschwunden. Ein Pferd trabt langsam um die Ecke und bleibt neben mir stehen. Ich steige auf und wir reiten los. Im Galopp den Hügel hinauf, ich kralle mich in der Mähne fest und hoffe, dass ich nicht herunterfalle. Unvermittelt hält das Pferd an. Vor uns im Gras liegt der Schlüssel.

Später, unter der Dusche, geht mir der Traum nochmal durch den Kopf. Was hatte es mit dem Schlüssel auf sich? Ich bin spät dran, Frühstück fällt aus. Wo ist der Autoschlüssel? Ich durchsuche das ganze Haus, sämtliche Taschen und

Kleidungsstücke. Da fällt mir der Traum wieder ein. Da liegt er tatsächlich – im Vorgarten im hohen Gras. Ich habe das Gefühl, dass er mich angrinst.

Vogelperspektive

Ganz weit unten fließt fast lautlos der Verkehr. Ich weiß nicht, wie weit oben ich stehe, aber ich kann die ganze Stadt überblicken. Die Weite scheint unermesslich, am Horizont glitzert das Meer. Die späte Nachmittagssonne taucht alles in goldenes Licht und ich empfinde tiefen Frieden und ein Gefühl von Freiheit. Zeit loszulassen. Ich steige über die Brüstung, breite die Arme aus und lasse mich fallen. Merkwürdigerweise schwebe ich schwerelos über die Stadt, unter mir hastende Menschen, Autos, Lichter. Ich fliege weiter, über die Häuserschluchten hinweg, hinaus in die Freiheit, in die Natur. Mein Blick fällt auf meine Arme, die mit einem braunen Federkleid bedeckt sind, dass sich leise im Wind bewegt. Auch meine Füße gehören nicht zu mir. Aus einem feder-bedecktem Bein zeigt sich ein gelber, mit schuppiger Haut bewachsener Fuß mit langen schwarzen Krallen. Zu gerne würde ich den Rest meines Körpers sehen. Was für eine Art Vogel bin ich?

Langsam werde ich müde und durstig. Unter mir sehe ich einen Weiher, lasse mich sinken und lande am Ufer. Ich laufe, oder eher gesagt, hüpfe zum Wasser. Gerade will ich trinken, da sehe ich mein Spiegelbild. Ein mächtiger gelber Schnabel, weiße Kopffedern und stechende helle Augen. Ich finde mich schön. Dann bin ich eben ein Vogel. Na und? Ich kann denken, fühlen, hören, was will ich mehr? Ich senke meinen Schnabel ins kühle Nass und trinke gierig. Ich höre Lachen und Schreien. Eine Gruppe Kinder rennt fröhlich auf den Weiher zu. „Schaut mal! Ein Adler!" ruft ein Junge. Zeit mich auf den Weg zu machen. Ich öffne meine Schwingen und erhebe mich langsam in die Lüfte. Weiter geht die Reise. Abenteuerlust erfasst mich. Ich will die Welt sehen!

Die Stadt liegt weit hinter mir. Langsam gehen unter mir Lichter von einsam gelegenen Gehöften an. Absolute Stille, nur mein Fluggeräusch ist zu hören. Die Erfahrung, sich nur vom Wind treiben zu lassen, zu segeln, zu schweben, ist atemberaubend schön. Mein Magen meldet sich. Der neue Instinkt sagt mir, dass ich auf die Jagd gehen muss. Meine scharfen Augen registrieren eine Bewegung auf einem Feld. Ich schieße steil hinunter und das weiche Felltier wird heute Abend meinen Hunger stillen. Die Sonne sinkt dem Horizont entgegen und ich suche einen sicheren Schlafplatz.

Im dichten Geäst einer hochgewachsenen Tanne finde ich ihn. Ich putze mein Gefieder, strecke mich und schon fallen die Augen zu. Träume von Freiheit und Abenteuer begleiten mich in den Schlaf.

Sonnenstrahlen kitzeln mich wach. Ich öffne meine Schwingen und sehe, dass es wieder Arme sind. Ich schaue mich um, taste mein Gesicht ab. Kein Schnabel, keine Federn, auch meine Füße sehen wieder menschlich aus. Eine kleine braune Feder schwebt herab und landet in meinem Gesicht. Über mir, im Gebälk der Veranda sitzt eine Meise und betrachtet mich interessiert mit ihren schwarzen Knopfaugen und schief gelegtem Kopf. Sie weiß Bescheid über mein Doppelleben.

Schmucklos

Mit meinem angemalten Hippie Bus reise ich durch die Welt. Jetzt bin ich in Frankreich irgendwo in der Normandie. Rechts von mir liegt eine graue Festung mit einer Stadt hinter den Mauern. Eine lange Brücke führt über einen Fluss zum Stadttor. Was mir auffällt ist, dass alles grau ist. Nicht nur die Mauern, auch die Brücke ist aus grauen Steinen errichtet. Das Stadttor, der Himmel, der Fluss, alles grau. Ich parke mein Auto direkt an der Straße, steige aus und überlege, ob ich wirklich in dieses Grau eintauchen soll. Inzwischen sind weitere Fahrzeuge angekommen. Vor mir parkt jemand und ein alter Freund steigt aus. Gott sei Dank! So alleine „graut" es mir vor der trüben Stimmung. Jetzt gibt es noch ein großes Problem. Wo verstecke ich meinen Schmuck, der in einem Beutel unter dem Sitz liegt? Ich nehme ihn heraus und stehe unschlüssig vor meinem Bus. Wenn das Auto gestohlen würde, wäre der Schmuck auch weg. Also muss ich einen Platz außerhalb finden und aufpassen, dass mich niemand beobachtet. Ein kleiner Laubbaum direkt neben meinem Parkplatz breitet seine Äste wie ein Schirm aus. Ideal. Ich buddele die weiche Erde auf und versenke den Beutel in dem Loch.

Mit dem Freund laufe ich über die Brücke, unter der ein reißender Fluss sich seinen Weg bahnt. Wir stehen vor dem Tor, das sich lautlos öffnet und betreten diese geheimnisvolle Stadt. Es ist Markttag. Am Rathaus hängt eine Fahne. Händler bieten lebende Tiere an, Schafe, Enten, Hühner, Schweine, andere Fisch und Fleisch, Gewürze, Töpferwaren, Körbe. Menschen drängen sich durch die engen Gässchen.

Ein Zeitsprung zurück ins Mittelalter! Wir laufen durch die Menge, niemand scheint uns zu bemerken. Irgendwie sind wir unsichtbar, auch wenn ich eine Ware berühre, sehe ich meine eigene Hand nicht. Wir schlendern weiter, bewundern die alten Häuser und die merkwürdig gekleideten Menschen. Fasziniert beobachten wir die Marktschreier und Bänkelsänger, die Akrobaten die ihre Kunststücke vorführen. „Willst du mich heiraten?", fragt mein Freund plötzlich. „Ja, warum nicht!", rufe ich und wir tanzen um den Marktplatz herum. Er wirbelt mich im Kreis herum und wir bewegen uns Richtung Stadttor, das sich langsam schließt.

Wir rennen, fassen uns an den Händen und schaffen es gerade noch durchzukommen. Hinter uns schließt sich das Tor. Unnahbar und düster erhebt sich die Mauer. Es ist totenstill. Nichts weist auf das lebendige Treiben dahinter hin. Alles ist noch grauer geworden, auch der Himmel mit düsteren Wolkenbergen gibt sich bedrohlich und gespenstig. Auch unsere Autos haben die Farbe verloren. Nichts Buntes mehr auf meinem Hippie Bus, alles grau. Lediglich wir stechen noch hervor, ich mit meinem blumigen losen Gewand, mein Freund mit grünen Shorts und einem gemusterten Hemd. Wir wollen weg. Aber erst muss ich nach meinem Schmuck schauen. Der Baum steht unschuldig da, er konnte nicht verhindern, dass jemand das Loch aufgegraben und den Beutel gestohlen hat. Wütend schüttele ich ihn, obwohl ich weiß, dass er nichts dafürkann.

Plötzlich sehe ich, wie sich in seiner Krone ein Ast hebt, die Zweige sich zu einer Hand formen und in eine Richtung zeigen. Ich steige in meinen Bus und folge dem Fingerzeig. Ich gebe Gas und rase die Straße entlang. Schweißgebadet wache ich auf. Der Schmuck! Erbstücke meiner Großmutter! Die Diamantbrosche! Ich

springe aus dem Bett und öffne die Schatulle.
Sie liegt oben auf und funkelt mich an.

Ich werde sie heute auf meiner grauen Bluse
tragen!

Die Skipiste ist endlos lang, schlängelt sich durch bewaldete Gebiete, kreuzt vereiste Teilstücke und führt mich vorbei an Skihütten, vor denen gut gelaunte Menschen in der Sonne sitzen und mir fröhlich zuwinken. Ich rase in enormer Geschwindigkeit bergab, jedoch merkwürdigerweise komme ich nicht im Tal an, im Gegenteil, das Dorf, das eben noch sichtbar war, entfernt sich weiter und weiter aus meiner Sicht. Ich werde schneller und schneller, bald fliegen Bäume, Häuser, Menschen an mir vorbei, eisiger Wind pfeift mir um die Ohren. Panik kommt bei mir auf. Warum kann ich nicht anhalten? Meine Beine scheinen nicht mehr zu mir zu gehören. Meine Augen tränen, mein Gesicht fühlt nichts mehr, die Kälte frisst sich in mich hinein. Meine Skier biegen mit mir rechts in einen dichten Wald ein. Ich werde an einem Baum zerschellen, ich möchte schreien, aber kein Ton kommt aus meinem Mund. Unmöglich kann ich in diesem Tempo zwischen den Bäumen durchrasen. Aber das scheint kein Problem zu sein. Gekonnt fahre ich im Slalom durch die engen Zwischenräume, ohne auch nur einen einzigen Baum oder einen Zweig zu berühren. Bald lichtet sich das Waldstück und macht Platz für eine breite, glitzernde Schneefläche. Ein hohes Bergmassiv liegt vor mir. Gerne würde ich anhalten, die atemberaubende Landschaft in Ruhe betrachten und ein Foto machen. Aber unermüdlich führen mich die Skier weiter. Ich spüre meine Beine nicht mehr, mein ganzer Körper scheint wie erstarrt. Ferngesteuert sause ich in Richtung der hohen Berge. Eine fahle Wintersonne beleuchtet durch einen Wolkenschleier das Gelände und mit einem Male erscheint alles wie mit einem silbernen Pinsel übermalt. Schneeflocken wirbeln um mich herum, bald sehe ich die Hand nicht mehr vor den Augen. Mein Gesicht lässt sie erst schmelzen, dann aber ist es wie mit einer dünnen Eisschicht überzogen. Ich schließe die Augen und ergebe mich meinem Schicksal. Ich bin so müde, so unendlich müde, möchte nur noch in ein warmes Bett, mir die Decke über den Kopf ziehen und schlafen.

Zuerst höre ich ein weit entferntes Grollen. Ich sehe nichts mehr. Der Schneefall ist stärker geworden und ein scharfer Wind bläst mir entgegen. Wenn ich doch nur anhalten könnte, ich sende mentale Befehle an meine Beine, aber es hilft nichts. Ich denke an meine Familie. Bestimmt machen sie sich Sorgen um mich und werden nach mir suchen lassen. Hubschrauber werden das Gelände abfliegen, Bergretter werden mit Skiern das Gelände abfahren. Ich schöpfe Hoffnung. Alles wird gut werden. Das Grollen wird lauter, dumpfer, bedrohlicher und kommt direkt auf mich zu. Plötzlich werde ich fortgerissen, meine Skier fliegen davon, Schnee, Schnee überall, ich rudere wie wild mit den Armen. Dann ist alles still. Es ist dunkel, ich bekomme keine Luft, aber es ist mir egal, ich liege beschützt vom Schnee und kann endlich schlafen.

Nach Luft ringend fahre ich hoch und werfe die dicke Bettdecke von mir. Ein kalter Schneehauch weht durch das offene Fenster und nimmt den Traum mit hinaus. Ich fröstele und ziehe mir die Decke wieder über den Kopf.

Ich renne wie gehetzt den langen dunklen Flur hinunter, mein Herz klopft zum zerspringen, Schweiß läuft über mein erhitztes Gesicht. Mit einer Hand stütze ich meinen vorgewölbten Leib, um das Kind darin zu schützen und den Druck der Bewegung abzufangen, der mir Schmerzen bereitet. Am Ende des Ganges kann ich bereits das Ziel erkennen: ein großes, erleuchtetes Fenster, vor dem ich eine weiß gekleidete, winkende Gestalt erkennen kann. Mit aller Kraft, die meinem schweren Körper zur Verfügung steht, versuche ich noch schneller zu laufen, mein Atem keucht, Tränen laufen über mein Gesicht. Diesmal muss ich es schaffen, ich muss, ich muss, denke ich. Meinem Empfinden nach dauert es eine Ewigkeit, es erscheint mir, als liefe ich so schon den ganzen Tag. Die Scheibe kommt näher und ich erkenne, dass es sich um ein beleuchtetes Aquarium handelt, gefüllt mit sprudelndem, klarem Wasser, in dem sich Algengewächse leise wiegen. Dazwischen schwimmen schwerelos niedliche, neugeborene Kinder, die sich in ihrem Urelement sichtlich wohlfühlen. Sie rudern mit ihren Ärmchen, drehen sich auf den Rücken und

wieder auf den Bauch und scheinen nicht at-
men zu müssen. Bläschen steigen aus ihren
leicht geöffneten Mündern, ihre Augen weit geöffnet.

Ich habe das Ende des Ganges erreicht und
stehe schwer atmend dicht vor der Scheibe.
Fasziniert sehe ich diesem Schauspiel zu und
fühle mich leicht und glücklich. Endlich ist es
soweit, endlich habe ich es geschafft. Ich ahne,
dass der Mann im weißen Kittel der Arzt ist,
der mich zur Eile antreibt: „Sie müssen schnell
machen, gleich geht das Licht aus, dann wird es
zu spät sein!" „Ja", antworte ich fröhlich, „ich
weiß. Wie einfach das doch heutzutage alles ist!
Ich weiß auch schon welches ich nehme, den
kleinen Jungen, sehen Sie, den da!" Ich zeige
immer noch lachend auf ein blondes Kerlchen,
das gerade vorbeischwimmt, steige die kleine
Leiter, die zu der Aquarium Oberfläche führt
hinauf, krempele die Ärmel zurück, tauche
beide Arme ins Wasser und beginne suchend
um mich zu greifen. Aber immer, wenn ich
meine ein Ärmchen oder ein Beinchen erwischt
zu haben, glitscht mir der kleine Körper wieder
aus den Händen. Meine Arme tauchen tiefer in
das Becken ein, meine Hände tasten durch das
trübe werdende Wasser. Immer wieder denke

ich, einen Körperteil erwischt zu haben, immer wieder hoffe ich und immer wieder schwindet die Hoffnung. Ich merke, wie mein Bauch langsam schwindet. Verzweifelt mache ich eine letzte Anstrengung im Wettlauf mit der Zeit, den kleinen Körper zu greifen. Ich kann gar nichts mehr erkennen, das Licht ist nur noch ein matter Schein, bevor es ganz erlischt. „Helfen Sie mir, so helfen Sie mir doch!" höre ich mich schreien, bis die Dunkelheit mich umschließt.

Jede Nacht kam der Traum wieder. Jede Nacht erlebte ich dieselbe Qual. Jede Nacht die Tränen, die Enttäuschung. Die Angst, abends ins Bett zu gehen, raubte mir Energie und Lebenslust. Ärzte und Therapeuten konnten mir nicht helfen. Ich wurde einfach nicht schwanger.

Eines Nachts blieb der Traum aus. Da wusste ich, dass ich es geschafft hatte.

Die Straße verliert sich in der Endlosigkeit. Seit Stunden fahre ich in einem offenen Jeep auf dem grauen Asphalt schnurgerade auf den Horizont zu. Ziellos, aber neugierig, wohin mich diese Reise führen wird. Ich kann mich nicht erinnern, woher ich gekommen bin. Vergessen habe ich auch, in welchem Land ich mich befinde. Keine Pflanze, kein Tier geben mir einen Hinweis. Bis jetzt bin ich keiner Menschenseele begegnet. Nur Sand und Steine links und rechts, ein unendlich blauer, wolkenloser Himmel. Ich suche einen Radiosender, aber nur rauschen und knacken kommt aus dem Lautsprecher. Irgendwann muss doch mal eine Tankstelle kommen, wo ich mir etwas zum Trinken und Essen besorgen kann. Die Tankanzeige steht merkwürdigerweise noch auf voll. Irgendwie verstehe ich das alles nicht mehr.

Ich verlangsame die Fahrt, fahre rechts heran, steige aus und versuche einen Plan zu machen. Aber da ist nichts in meinem Kopf, nur ein Wirrwarr von Gedankenfetzen, die sich nicht aneinander reihen lassen. Langsam steigt Panik in mir auf. Wie lange soll das noch gehen? Warmer Wind umweht mich, die Sonne brennt erbarmungslos auf mich nieder. Ich suche im Auto nach einer Möglichkeit, das Dach zu schließen oder wenigstens einen Hut zu finden. Aber da ist nichts, rein gar nichts. Ich beschließe weiterzufahren, um noch vor der Dunkelheit irgendwo anzukommen. Ich steige ein, schaue in den Rückspiegel und sehe den hinteren Teil des Jeeps auf der Straße stehen. Tatsächlich! Ich fahre nur noch mit dem Vordersitz auf zwei Rädern. Fast schon muss ich lachen. Ich habe sämtliches Gefühl für Zeit und Raum verloren. Das Auto fährt von selbst, auch wenn ich die Augen schließe, saust es ohne mein Zutun weiter.

Plötzlich habe ich einen Plan: Ich will ankommen. Irgendwo ankommen.

Dazu muss ich wieder das Steuer übernehmen und selbst das Gaspedal betätigen. Ich konzentriere mich und sehe die Umgebung mit einem Mal ganz anders. Ein tropischer Wald wächst in Sekundenschnelle aus dem Boden, die Ebene ist voller verschiedener Tiere, schattenspendende Platanen säumen die Straße. Eine Brücke erhebt sich aus dem Nichts über einen klaren, breiten Fluss. Rechterhand sehe ich ein Schild, das mir mit einem Pfeil die Richtung deutet. Richtig, hier muss ich abbiegen! Dass mir das jetzt erst einfällt! Ich folge dem Hinweisschild und stehe vor meinem Haus. Mein Auto fährt hinein, durch das Wohnzimmer hindurch, direkt in mein Schlafzimmer. Da liege ich im Bett und wache gerade auf. Gut

ausgeschlafen, strecke ich mich und springe förmlich aus dem Bett. Ich habe meinen Plan im Kopf! Bevor ich ihn wieder vergesse, setze ich mich an meinen Laptop und bringe ihn zu Papier. Das wird ein guter Tag!

Blütenduft

Die Blüte in ihrer ganzen Schönheit öffnet sich direkt über meinem Bett. Ein betörender Duft entströmt dem Inneren. Langsam entfalten sich die Blütenblätter in allen Farben, bewegen sich leicht wie von einer Brise angehaucht. Nie habe ich schöneres gesehen. Bewundernd will ich sie berühren, aber sie schließt sich augenblicklich beim Nähern meiner Hand. Erschrocken ziehe ich sie zurück und hoffe, dass sich dieses Wunder wiederholt. Und tatsächlich, das Schauspiel startet von Neuem, wie in Zeitlupe entrollen sich die Blütenblätter. Jetzt sehe ich, dass um die Blüte herum unzählige Knospen wachsen, die sich ebenfalls öffnen. Gebannt sehe ich zu. Die Blütenstaubblätter wiegen sich sanft hin und her, sie scheinen mir zuzuwinken. Die Riesenblüte senkt sich langsam hinunter auf mein Gesicht, der süßliche Duft wird stärker und stärker. Plötzlich bin ich mittendrin, ich stehe auf dem Blütenboden. Nur kurz wundere ich mich darüber, dass ich so klein bin, aber dann finde ich es normal, warum sollte das nicht möglich sein? Vorsichtig berühre ich die Staubblätter und Blütenteile, die mich wie einen Wald umgeben. Ich lecke an meinen Fingern, die süß und klebrig schmecken. Ich lege mich hin und schließe die Augen.

Plötzlich ertönt ein ohrenbetäubendes Geräusch, einem Hubschrauber nicht unähnlich. Der Himmel verdunkelt sich, ängstlich verkrieche ich mich in die letzte Ecke der Blüte. Etwas Langes, schlauchähnliches bewegt sich direkt neben mir nach unten. Riesige Augen starren mich an, erschreckte Fühler zittern. Eine Biene! Sie scheint ihre Angst vor mir verloren zu haben und saugt genüsslich den Nektar ein, erhebt sich gesättigt und fliegt davon. Welch ein Erlebnis! Ich bedauere, dass ich dieses nicht mit meiner Familie und Freunden teilen kann. Es wird mir niemand glauben, wenn ich das erzähle! Aber wie komme ich wieder heraus aus dieser wunderschönen, bunten Blüte? Mein Herz klopft wild und ich sehe mich bereits wie ein lästiges Insekt in dieser Blüte verenden, verdurstet, verhungert und vergessen. Ich versuche an den glatten Wänden der Blüte hinaufzuklettern, rutsche immer wieder ab, klammere mich an die Blütenstempel und überlege, wie es weitergeht mit mir. Um mich herum öffnen sich weitere Blüten, der Duft wird immer intensiver und betörender. Mir wird schwindelig und mein Kopf beginnt zu schmerzen. In diesem Augenblick löst sich ein Blatt, schwebt zur Erde. Ich bin frei! Ich rutsche an dem Stil hinunter und stehe im Blumentopf. Wunderschöne Musik ertönt. Etwas kitzelt an meiner Nase.

Wach auf, höre ich jemanden rufen. Ich mache die Augen auf, meine Familie steht um mein Bett, mein Mann streichelt mein Gesicht mit einer duftenden Rosenblüte. Es ist mein Geburtstag! Vivaldis Vier Jahreszeiten ertönen aus dem Wohnzimmer, eine Biene fliegt summend aus dem Fenster.

Im bayerischen Voralpenland geboren, in München aufgewachsen und danach über 25 Jahre Afrika - Uganda, Seychellen und Kenia - und jetzt seit 1999 in Andalusien (Tarifa, Estepona, Marbella, Torrox) - das bin ich in kurzen Worten.

Ich lebe hier mit Mann, Hund & Katz', liebe es zu schreiben, zu lesen, zu kochen, mit Familie und Freunden zu sein.

www.andalusien-individual.com

https://www.facebook.com/evi.weyhe